やけくそで密入国した夜逃げ聖女は、王弟殿下の愛に溺れそうです

越智屋ノマ

B's-LOG BUNKO
ビーズログ文庫

イラスト／鳴鹿

CONTENTS

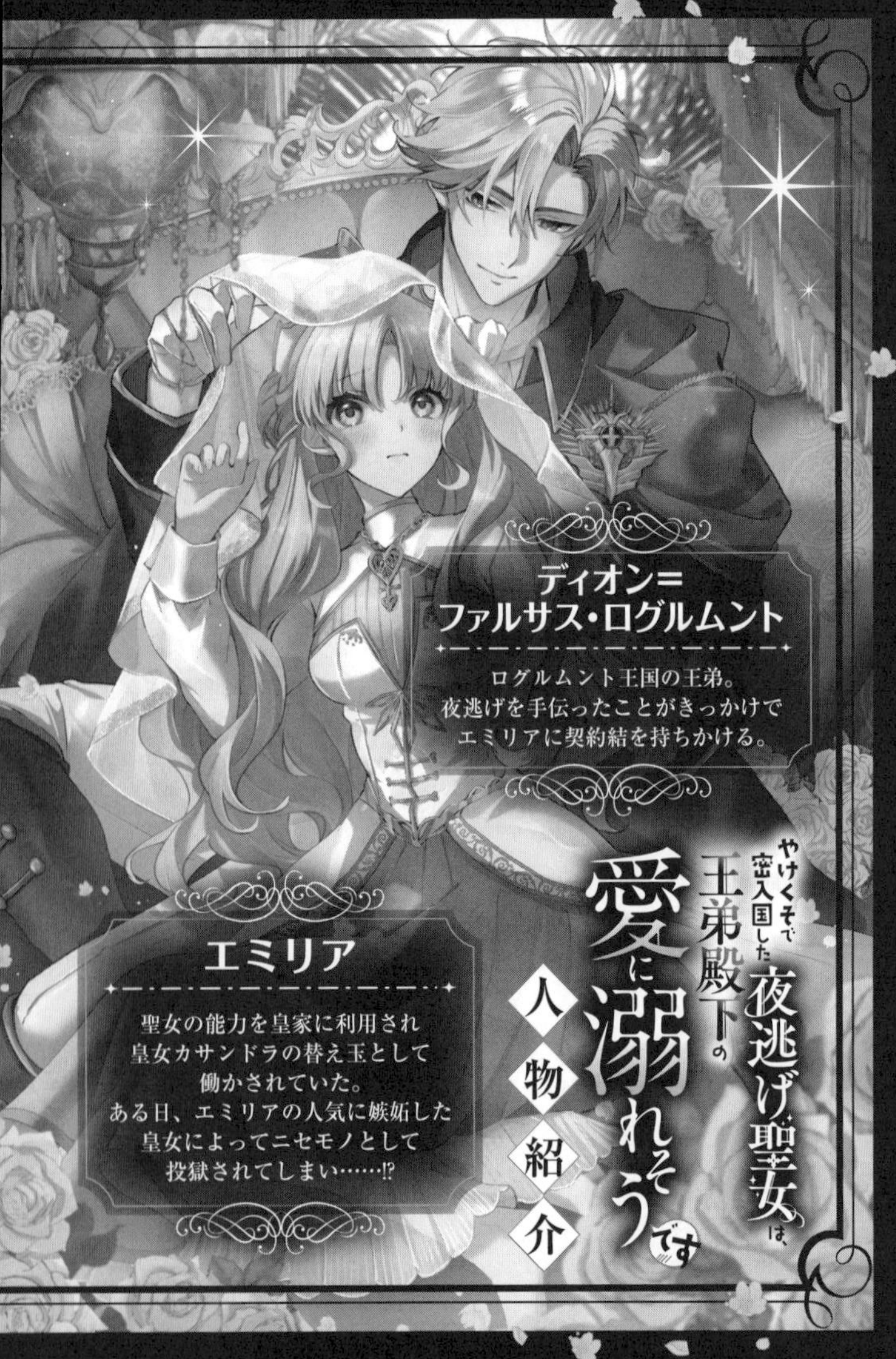
やけくそで密入国した夜逃げ聖女は、王弟殿下の愛に溺れそうです
人物紹介
ディオン＝ファルサス・ログルムント
ログルムント王国の王弟。
夜逃げを手伝ったことがきっかけで
エミリアに契約結を持ちかける。
エミリア
聖女の能力を皇家に利用され
皇女カサンドラの替え玉として
働かされていた。
ある日、エミリアの人気に嫉妬した
皇女によってニセモノとして
投獄されてしまい……!?

カサンドラ

レギト聖皇国の皇女。
気が強く
わがままな性格。

ダフネ

優秀で真面目な
エミリアの侍女。

グレイヴ・ザハット

ディオンの腹心で、
ヴァラハ駐屯騎士団
参謀長。
ログルムント王国での
エミリアの父親役。

サラ

ログルムント王国の侍女。
突然やってきたエミリアに
不信感を抱いている。

ルカ

ログルムント王国から
やってきた少年。
エミリアの心の支えに
なっている。

Prologue ✥ どうしてこんなことに!?

新婚《しんこん》初夜、王弟ディオン＝ファルサス・ログルムントは新妻を見つめてこう言った。

「あらためて言っておくが、俺が君を愛することはない」

上質な調度品で設《しつら》えられた夫婦《ふうふ》の共寝室《きょうしんしつ》に、ディオンの低く伸《の》びやかな声はよく響《ひび》いた。

窓から差《さ》し込《こ》む月明りは彼の金髪《きんぱつ》を艶《あで》やかに濡《ぬ》らし、ガウンを羽織った彫像《ちょうぞう》のような逞《たくま》しい体軀《たいく》の陰影《いんえい》を際立《きわだ》たせている。燭台《しょくだい》の蝋燭《ろうそく》が、彼の精悍《せいかん》な美貌《びぼう》にゆらゆらと妖《あや》しい影《かげ》を落としていた。

初夜の寝室での〝妻を愛さない〟という一言。本来ならそれは妻の尊厳をくじき、心に傷を負わせるに足る残酷《ざんこく》な発言だ。しかしディオンはその台詞《せりふ》を、やたらと明るい口調で告げた。端整《たんせい》な顔立ちには、楽しげな笑《え》みさえ浮《う》かんでいる。

ベッドに腰《こし》かけた十八歳《さい》の妻エミリアは、気丈《きじょう》な態度でうなずいてみせた。

「あら、殿下《でんか》がお約束を守ってくださるようで安心しましたわ。あなたは私を愛さないし、私もあなたを愛さない。それが、あなたを雇う条件ですものね」

笑顔《えがお》のディオンとは対照的に、エミリアの表情はこわばっていた――幼さの残る愛らしい顔には、緊張《きんちょう》が色濃《いろこ》く浮かんでいる。

「ビクビクするなよ。そんなに俺のことが怖いのか？」

「べ、別に怖がってなんか」

強がっているエミリアを見ながら、三つ年上の夫は面白《おもしろ》がって肩《かた》を揺《ゆ》らしていた。

「笑わないでください、殿下！　私はあなたの雇用主《こようぬし》なんですよ？　バカにしないで」

「別に、バカになんてしてないよ」

ふっと息を吐《は》き出《だ》してから、ディオンは続けた。

「俺は〝用心棒〟として、君に雇《やと》われることになった。そして雇用の報酬《ほうしゅう》は、金銭ではなく君自身だ。君には、俺の契約上《けいやくじょう》の妻になってもらう――つまり、俺が求めたときだけは〝王弟ディオンの愛妃《あいひ》〟として振《ふ》る舞《ま》ってほしい。それ以外の時間は君の自由だし、勿論《もちろん》身の安全はこの俺が保障する。そして、君の過去や素性《すじょう》は一切詮索《いっさいせんさく》しない。それが契約書の内容だろう？　何か不足はあったか？」

「……ありません」

「それなら話は終わりだ。寝《ね》よう」

緊張でかすれるエミリアの声にかぶせるようにそう言うと、ディオンは無遠慮《ぶえんりょ》な様子でエミリアのベッドに上がり込んできた。

「ちょっと、殿下……！」

「別に取って喰《く》ったりしねえよ。ベッド半分貸してくれ、俺は眠《ねむ》い」

びくりと身をこわばらせるエミリアには目もくれず、広いベッドの奥のほうへとディオンは移動した。そのままごろりと寝転《ねころ》んで、エミリアに背を向ける。

「それと、夫婦なんだから〝殿下〟と呼ぶのはやめてくれ。ディオンだ、呼んでみろ」

「……っ。………………ディ、ディオン、さま」

「よし」

寝返《ねがえ》りを打ってエミリアに向き直ると、ディオンは彼女をふわりと見つめた。彼の纏《まと》う黒いガウンの胸元《むなもと》から、鍛《きた》え抜《ぬ》かれた胸板《むないた》がちらりと覗《のぞ》く。エミリアは顔を赤くして、弾《はじ》かれたように目を逸《そ》らした。

「さっさと呼び馴《な》れてくれよ、雇用主様《ごしゅじんさま》」

「……やっぱり私のこと、バカにしてるでしょう」

「どうだかな」

悪戯《いたずら》っぽく笑うと、ディオンは再び背を向けた。

「俺は君を愛さない。だから、安心してお休み」

ディオンはそのまま眠ってしまった。深い寝息《ねいき》に合わせて上下する背中を、エミリアは警戒心《けいかいしん》を解ききれない様子で睨《にら》みつけている。

（……もう。なんなの、この人！）

ディオンと最大限の距離《きょり》を取り、ベッドの隅《すみ》で身を丸くする。かなり離《はな》れているはずなのに、彼の体温が空気を通して伝わってくる気がしてエミリアは戸惑《とまど》っていた。

（やっぱり私、どうかしてるわ。リスクを避《さ》けるためとはいえ……隣国《りんごく》の王弟殿下と結婚《けっこん》だなんて。我ながらどうかしてる！）

リスク回避《かいひ》のつもりが、むしろ自分から危険の中に飛び込んでしまったのではないだろうか――そんな気がしてきて、エミリアは頭を抱《かか》えて悶《もだ》えていた。

（私の正体が、この人にバレたらどうしよう。絶対に隠《かく》し通さなきゃ。……レギト聖皇国《せいこうこく》から逃《に》げ出してきた〝偽聖女《にせせいじょ》〟だとバレたら、絶対に大変なことになる！）

密入国。身分詐称《さしょう》。挙句の果てに、王弟殿下との偽装《ぎそう》結婚。どれもこれも、エミリアにとって身の破滅《はめつ》に直結する事実だ。処刑《しょけい》されても文句は言えない……。

（私はただ普通《ふつう》の女の子として、この国でひっそり生きられればそれで良かったのに！どうしてこんなことになっちゃったんだろう）

エミリアは半泣きになって、これまでの人生を思い返していた――。

第一章 ✥ 偽聖女、夜逃げをする

エミリア・ファーテは孤児《こじ》だった。〝レギト聖皇国《せいこうこく》〟北部の鉱山街で生まれた彼女は、生後まもなく流行《はや》り病で母を失い、鉱山事故で父を亡《な》くした。

だが、彼女は一人ぼっちではなかった。父の所属していた鉱山組合の親方夫妻が、エミリアを引き取って面倒《めんどう》を見てくれたのだ。夫妻には五人の子どもがいたが、エミリアを我が子同然に扱《あつか》ってくれた。夫妻はエミリアが頑張《がんば》ると大喜びで褒《ほ》め、いけないことをしたら厳しく叱《しか》ってくれる。家族皆《みな》で一日しっかり働いて、質素ながらも楽しい食卓《しょくたく》を皆で囲む。寝《ね》る前には、おかみさんが子どもたちに昔話を聞かせてくれた。とくに何度も話してくれたのが、〝始まりの竜《りゅう》と聖女〟という創世神話だった。

「あたしらの住むこの大陸は、竜の形をしてるんだってさ。女神《めがみ》と争って死んだ竜の亡骸《なきがら》が、海に落ちて陸地になった。だからこの大陸は、〝竜骸大陸《りゅうがい》〟っていうんだよ」

かつてこの世に陸はなく、無限の空と海だけだった。雲の上には神族と竜族が住み、人間は存在しない。神と竜は仲良しだったが、あるとき一頭の竜が神に牙《きば》を剝《む》いた。自分の魔力《まりょく》を高めるために、次々に神を喰《く》らっていったのだ。このまま全ての神が喰らい尽《つ》くされるかと思われたそのとき、一人の女神が竜を討《う》ち取《と》った。女神は竜の亡骸を雲の上から海に落とし、海水を吸って膨《ふく》れ上《あ》がった亡骸は大陸そのものとなったという。

「大陸は五つの地域に分かれていてね。竜の〝頭〟が大陸北部、〝しっぽ〟が南部、〝右翼《うよく》〟が東部で〝左翼《さよく》〟が西部。その他は大陸中央といって、ほとんどが砂漠《さばく》なんだって」

大陸中央の〝竜の心臓〟にあたる部分には、大きなオアシスがあるそうだよ――と、おかみさんは言った。そのオアシスは法王領といって、この大陸で一番えらい〝法王〟が住んでいる。法王は最強の軍隊を持っていて、本気を出せば国一つくらい簡単に滅《ほろ》ぼしてしまえるらしい……。エミリア達は、目を丸くして話に聞き入った。

「法王様は大陸で一番強いけど、女神様との約束で、できるだけ他の国に口出ししないことになってるんだって。だから東西南北の四つの〝聖皇国〟にそれぞれの地域の盟主《リーダー》をやらせて、自分は〝竜の心臓〟で平和を祈《いの》ってるんだ」

エミリア達のレギト聖皇国は大陸西部のリーダーで、左翼の付け根部分にあるという。

「聖皇国は、特別なんだよ。だって、聖女は聖皇国でしか生まれないからね」

聖女とは、聖なる力を持つ女性。〝竜鎮《りゅうしず》め〟と呼ばれる特殊《とくしゅ》な儀式《ぎしき》を行えて、〝竜化病《りゅうかびょう》〟という風土病を治せる唯一《ゆいいつ》の存在だ。竜鎮め以外にも、聖女は一般的《いっぱんてき》な攻撃《こうげき》魔法《まほう》や回復魔法も扱えるらしい。聖女は人々の崇拝《すうはい》対象であり、希望そのものである。

「聖女は大陸西部にたった九人しかいない、本当に尊い女の人なんだよ」

おかみさんの話を聞いて、エミリアは「世界って広いんだなぁ」と思った。しかしエミリアにとって、自分の暮らす鉱山街が世界の全てだ。外の世界に出てみたいと思うことはなかったし、ましてや自分に〝聖女〟の力が眠《ねむ》っているなんて考えたこともなかった。親方が鉱山の掘削《くっさく》作業中に落盤《らくばん》事故に巻《ま》き込《こ》まれ、瀕死《ひんし》の重傷を負うまでは――。

悲劇は、エミリアが八歳《さい》になったその日に訪れた。

坑道《こうどう》から運び出されてきた親方は全身血だらけ泥《どろ》まみれで、手足の骨が異様な方向に折れ曲がっていた。かろうじて息はあるが、親方も他の犠牲者《ぎせいしゃ》達も、命の火が今にも消《き》え失《う》せかけていて……。

死んじゃやだ!!　と、エミリアは泣《な》き叫《さけ》んだ。叫ぶと同時に、体の中から熱い何かが噴《ふ》き上がる――それが〝聖女の回復魔法〟だと理解したのは、親方達のケガが完全に癒《い》えていたことに気づいたときだった。

ぽかんとしているエミリアを、大人達が驚愕《きょうがく》の表情で見つめる。

「……今の力。まさか、エミリアは聖女なのか⁉　〝結晶光《けっしょうこう》〟が舞《ま》い上がったぞ⁉」

結晶光。それは雪の結晶に似た魔力の光で、聖女が全力で回復魔法を使ったときだけ舞い上がるものだ。

聖女以外の人間が回復魔法を使っても、結晶光は発生しない――ちなみに、一般的な火風地水の魔法や回復魔法などは、先天的な資質があれば聖女以外の者でも使える。大陸全土で二割程度の人間が、魔法の適性を持つというのが通説だ。

居合わせた者達は「聖女万歳《ばんざい》！」と叫んでエミリアを抱《だ》きしめ、全員で大喜びしていたが――次の瞬間《しゅんかん》、我に返って青ざめた。

「すぐに領主様に報告しねぇと！　聖女を隠《かく》すと死刑《しけい》になるぞ‼」

この大陸には、法王の定めた〝大陸法〟という絶対的な法が存在する。

大陸法の条文の一つに、『聖女の能力を持つ者を秘匿《ひとく》した場合、死刑またはそれに類する重罪に処す』と明記されている。だから大人達はすぐに領主へ報告し、領主は皇家へ報告し、エミリアは親方達との別れを惜《お》しむ間もないほど迅速に皇城へ送られた。

――今思えば、それが波瀾万丈《はらんばんじょう》な人生の始まりだったのだと、エミリアは思う。

（……なんだか夢みたい。私に聖女の力があったなんて！）

皇城内の拝謁《はいえつ》の間にて。壇上《だんじょう》の皇帝《こうてい》の玉座を前にして、八歳のエミリアはドキドキしながら平伏《ひれふ》していた。

（聖女になったら、皆をいっぱい助けたいな。私のお父さんとお母さんは、赤ちゃんのときに死んじゃったけど……聖女の力があれば、いろんな人を幸せにしてあげられるもの）

故郷の街では、大切な人達の命を救うことができた。くしゃくしゃに泣きながら「ありがとう」と抱きしめてくれた親方達の温《ぬく》もりを思い出すと、胸がじんわり熱くなる。

皇帝に「面《おもて》を上げよ」と命じられ、頭を上げた。並んだ玉座に皇帝・皇后が座し、その傍《かたわ》らには十歳ほどの皇太子。そしてエミリアと同い年くらいの皇女が控《ひか》えている。

「回復魔法を披露《ひろう》せよ」

ぺこりと一礼をしてから、エミリアは全力で回復魔法を発動してみせた。おびただしい結晶光が舞い上がるのを見た皇帝は、納得《なっとく》した様子で口を開いたが――。

「あら、何よ、その程度？　わたくしのほうが、もっと素晴《すば》らしくてよ？」

と、玉座の脇《わき》に控えていた皇女が、皇帝を遮《さえぎ》って声を張り上げる。

豪奢《ごうしゃ》な赤毛を結《ゆ》い上げた気の強そうな皇女が「ごらんなさい！」と叫ぶと同時に、彼女の掌《てのひら》からポワッと結晶光があふれた――どうやら皇女も、聖女の力を持っているらしい。

「カサンドラ、お前が立派な聖女なのは知っておる。だが今は、この者の審査《しんさ》の時間だ」

「でも父上、わたくしのほうが！　……ふん！」

拗《す》ねるカサンドラを皇后がなだめる。皇太子はじっとエミリアを見ていたかと思うと、不意に皇帝に耳打ちをした――皇帝が、ハッとした表情になる。

幾《いく》ばくかの沈黙《ちんもく》を挟《はさ》んだ後、皇帝は宣言した。

「エミリアよ。そなたの才能の片鱗《へんりん》、しかと見せてもらった。聖女見習いとして、神殿《しんでん》で働くことを認めよう。今後の働き如何《いかん》では、公認の聖女としてやっても良い。精進《しょうじん》せよ」

「ありがとうございますっ‼　私、頑張ります！」

皇帝と皇太子が黒い笑《え》みを零《こぼ》していたことに、エミリアは気づかなかった――。

そして、聖女見習いとしての実務実習が始まった。期間は三年で、クロエという先輩《せんぱい》聖女に付いて聖女の聖務を手伝うことになっている。

聖女の仕事は〝竜鎮め〟と〝癒《いや》し〟の二つ。竜鎮めは〝竜化病〟という風土病の治療《ちりょう》で、癒しは一般的な回復魔法を使って巡礼者《じゅんれいしゃ》のケガや病気を治すことだ。エミリアは毎日神殿で、クロエの仕事を一生懸命《いっしょうけんめい》手伝った。……だが、

「クロエさん。どうして私、カサンドラ様の変装をしなきゃいけないんですか？」

エミリアが聖女の仕事を手伝うときは、必ず髪《かみ》を赤く染めて化粧《けしょう》をする決まりになっている。エミリアの専属侍女《じじょ》を務めるダフネという女性が非常に器用なので、彼女に化粧をしてもらうとエミリアはカサンドラそっくりな顔立ちになるのだった。

クロエは、なぜかやたらと気まずそうな顔をして、言葉を選んでいる。

「……そ、それはね。皇女殿下《でんか》は皇族のお仕事があるから、神殿で働く時間がないみたいなの。でも皇女殿下はすでに〝幼き聖皇女〟として有名なお方だし、神殿に来ないのは世間的に良くないから……だからあなたに、代役をお願いしたいそうよ……」

「カサンドラ様は見習いじゃなくて、もう本物の聖女なんですか？　まだ八歳なのに、すごいですね！」

「え、ええ。そうね……さすがは皇女殿下よね」

——そっか。カサンドラ様はもう本物の聖女だから、実務実習はいらないのね。あまり神殿に来ないのは、忙《いそが》しいからだったんだ。と、エミリアはすんなり納得した。

「分かりました。そういうことなら、代役は任せてください！」

「ありがとう。……あなた、本当にいい子ね」

同い年で聖女の力を持つ者同士。エミリアはカサンドラに仲間意識を持っていた。だから久々にカサンドラに出会ったとき、エミリアは親しげに話しかけたのだが——。

「カサンドラ様、私も早く一人前になりますね。そしたら一緒《いっしょ》に頑張りましょう！」

「……ふん。お前って、本当に滑稽《こっけい》ね」

取り付く島もなく、カサンドラは鼻で笑って踵《きびす》を返していった。

(うわぁ。すごいトゲトゲしてる。皇女の仕事って、よっぽど忙しいんだろうな)

ぽかんとしながら、エミリアはカサンドラの背中を見送っていた。

——あっという間の三年間。実務実習を無事に終え、エミリアは十一歳ながらも一通りの仕事を一人でこなせるようになっていた。

皇帝からは未《いま》だに『公認の聖女とする』という言葉をもらえていないが、能力的にはすでに一人前だ。クロエは他国に派遣《はけん》され、今ではエミリアが一人で〝癒し〟や〝竜鎮め〟

を行っているが、大きなトラブルは起きていない。

……気になることと言えば、相変わらずカサンドラの代役を務めていることくらいだ。

エミリアが変装をして神殿に立つと、皆が幸せそうな顔で言う。

「聖女カサンドラ様だ！　なんと神々《こうごう》しい……！」

「尊い皇女のお立場でありながら、直接民を癒してくださるとは……なんと有難《ありがた》い‼」

誰《だれ》も彼もが、エミリアをカサンドラだと信じ込んでいる。背恰好《かっこう》が同じで化粧が巧妙《こうみょう》、しかも聖女の法衣《ほうえ》はヴェール付きなので、上手《うま》く誤魔化《ごまか》せているらしい。

（……私、いつまでカサンドラ様のニセモノを続けるんだろう？）

大切なのは皆が幸せになることだし、自分は裏方でも構わない。……でも一時的な代役ならともかく、何年も皆を騙《だま》し続けるのは良くないとも思う。

だからエミリアは皇帝に直談判《じかだんぱん》しようと思い、専属侍女のダフネに相談した。

「いくら忙しくても、カサンドラ様が全然聖女の仕事をしに来ないのは問題だと思うんだ。陛下にお願いしたら、カサンドラ様のスケジュールを見直してもらえないかな」

「……おやめになったほうがよろしいかと」

切れ長の目をすがめ、ダフネは肩《かた》をすくめていた。ダフネは、エミリアより七つ年上の侍女。武芸に秀《ひい》でており、エミリアの地方視察の際は護衛騎士《きし》の役も務める。

「でも、頼《たの》んでみなくちゃ分からないよ。今日、仕事のあとで皇帝に話してくるね」

「どうしても行くおつもりですか？　……仕方ありませんね、私も同伴《どうはん》します」

エミリアはダフネを連れて、法衣の姿で皇帝の執務室《しつむしつ》へと向かった。すれ違《ちが》う文官や武官はエミリアを皇女だと思い込んでいるため、引き留める者はいない。

執務室のドアをノックする直前、エミリアは室内から漏《も》れ聞こえる声にハッとした。

「ヘラルドよ、お前のおかげで〝聖女カサンドラ〟の名声は国内外に知《し》れ渡《わた》り、皇家の評判も上々だ！　やはりお前は知略に長《た》けておるなぁ!!」

「僕の言った通りでしょう、父上。プライドばかりで働く気のないカサンドラに聖女の教育を施《ほどこ》すより、無知な平民を替《か》え玉《だま》として使うほうが上手くいくと思ったのです」

——無知な平民？　替え玉!?

「まったくだ。カサンドラは昔から『聖女なんてやりたくない』と駄々《だだ》をこねて大変だったからなぁ。最近は『自由時間が増えた』と喜んでおる。良かった良かった」

（じ、自由時間!?　カサンドラ様は、皇族の仕事で忙しいんじゃなかったの!?）

エミリアは扉《とびら》に張り付いて、聞き耳を立てた。

「わしも本音では、可愛《かわい》い娘《むすめ》に聖女の重労働などさせたくはない。聖女の仕事は危険が多く、平民娘《エミリア》にこそ相応《ふさわ》しい。……しかもエミリアは、自分が一生聖女になれないということさえ知らない。実に愚《おろ》かな子どもだ！」

（私が聖女になれないって……どういうこと!?）

「ふふふ。エミリアは所詮《しょせん》平民ですから、大陸法の詳細《しょうさい》を知らないのも当然ですよ。そもそも〝聖女〟というものは、ただ能力を持っているだけでは名乗れませんからね」

「その通りだ。法王猊下《げいか》の承認《しょうにん》を受けなければ、聖女にはなれない！　この国で生まれた聖女の能力保有者は、必ず皇帝のもとへと連れてこられる。そしてわし《わし》がその者の能力を確認した直後、その者と共に大陸中央の〝法王領〟へ赴《おもむ》いて、法王猊下に謁見《えっけん》させるのが定めだが……。ヘラルドよ、お前の発想には驚《おどろ》かされたぞ」

「存在を伏《ふ》せてしまえば、あの娘を飼い殺しにできるでしょう？　小娘《こむすめ》一人隠《かく》したところで、法王猊下に露見《ろけん》することはありません。大陸中央の砂漠地帯を往来できるのは、交易路の独占《どくせん》使用権を持つ我らレギト皇家のみですから」

　はっはっはっは。……悪どい笑い声が、エミリアの耳に突《つ》き刺《さ》さる。

「エミリアは一生、我らの駒《こま》です。万が一逃《に》げ出《だ》しても、すぐに通報されて送還《そうかん》されてくるでしょう。大陸法によって〝聖女の力を持つ者〟の身柄《みがら》を隠すことは重罪とされていますからね。エミリアが逃げ出したところで、匿《かくま》う者は誰一人いませんよ」

　よろめいたエミリアを、ダフネが支える。

「お部屋に戻《もど》りますよ。エミリア様」

　ダフネに肩を支えられたエミリアは、ふらふらしながら自室に戻っていった——。

「…………………私、騙されてたんだね」

その夜、ベッドに伏してエミリアは声を絞《しぼ》り出した。ダフネは静かにエミリアを見下ろしている。普段《ふだん》ならとっくに退室している時間だが、今日はなぜか去ろうとしない。

「お人好《ひとよ》しが過ぎると、泣きを見ますよ。いい勉強になりましたか？」

……ということは、ダフネも知っていたのだ。

クロエもダフネも全部知っていて、知らなかったのは自分だけ。都合よく働かされ、裏では無知な平民呼ばわりされていた。……それに、一生ニセモノだなんて。

「こんなのずるい。カサンドラ様の卑怯者《ひきょうもの》！　皇帝も皇太子もむかつく！　あぁ……！」

いっそ逃げ出してやろうか。そんな気持ちが、込み上げてくる。

「残酷《ざんこく》かもしれませんが、あなたに逃げ場はありません」

ダフネはそう言うけれど、逃げ出すことはできる気がする。エミリアの顔は世間には知られていないから、聖女の力を隠せば一般人《いっぱんじん》として暮らせるかもしれない。でも――。

（……私は、本当にそれでいいの？　逃げたらもう、聖女の力は使えないんだよ？）

今の暮らしは、幸せだ。朝から夜まで神殿に立って病気やケガの人を癒すのも。竜化病の人を救うのも。人々は「救ってくれてありがとう」と言ってくれるが、救われているのは自分自身だと思う。一人ひとりの笑顔《えがお》が嬉《うれ》しい。出会った人達の顔が、故郷の街の親方や亡くなったお父さんお母さん、大事な人に重なって見える。

（騙されたのはむかつくけど。……私、やっぱり聖女の仕事はやめたくないな）

涙《なみだ》の滲《にじ》んだ目を袖《そで》で拭《ぬぐ》うと、エミリアは鏡台の引き出しから一粒《ひとつぶ》のイヤリングを取り出した。それは、この前救った竜化病患者《かんじゃ》の少年からもらったものだ。

青い石が嵌《は》まった銀製のイヤリングが、片耳の分だけ。大切そうに握《にぎ》りしめ、エミリアははっきりと言う。

「……私は逃げない。聖女の仕事を、ずっと続けたい。カサンドラ様のフリをするのは嫌《いや》だけど。でも、そうするしかないっていうならそれでいい。自分がニセモノとか本物とかも、求った人達が喜んでくれるなら別にどうでもいい」

ダフネが鋭《するど》い目を見開いて、意外そうな顔をしている。

「皇家に利用され続けると知りながら、あなたは随分《ずいぶん》と前向きなんですね」

「利用されるだけじゃなくて、私も皇家を利用し返すの。変装さえすれば、私は〝聖女〟を続けられるんだから。この仕事が大好きだから、絶対やめたくない」

ダフネは物珍《ものめずら》しい生き物を見るような目で、こちらを見ていた。

「このまま泣き寝入りしたら、なんか負け犬みたいで悔《くや》しいじゃない？　だから私は聖女を続けて皆を幸せにするし、自分も幸せになるの。それが、私の〝勝ち〟だよ」

「……あなたの思考は理解に苦しみますね」

皇帝達の悪意に屈《くっ》したりはしない！　そう決意したエミリアは、替え玉を演じ続けることにしたのだった。

——それから七年。十八歳になったエミリアは、今日も変わらず〝聖女カサンドラ〟を続けている。一日の仕事を終え、ダフネを伴《ともな》い神殿から皇城に戻った。

「今日はいつも以上に巡礼者が多かったわ。しっかり休んで魔力を回復させなきゃ！」

早く自室に戻って、変装を解いてのんびりしたい。そんなふうに思っていると……。

「あら。今日も夜遅《よるおそ》くまでご苦労様、聖女カサンドラ」

後ろから嫌味《いやみ》っぽい声がした。振《ふ》り返《かえ》らなくても誰だか分かる。

エミリアは引きつりかけた顔面に力を込めて、笑顔を作った。

「あら。こんばんは、皇女カサンドラ様。労《ねぎら》いのお言葉、ありがとうございます」

「労い？　お前って、相変わらずおめでたいのねぇ。お前の手際《てぎわ》が悪いから、夜遅くまで長引いているのではなくて？」

「じゃあ、カサンドラ様がお手本を見せてくださいよ。でも十年近くずっとご多忙《たぼう》みたいだし、聖女の仕事のやり方なんてすっかり忘れてるんじゃないですかね？」

「あらあら。代用品の分際で、思い上がるのは見苦しくてよ？　お前なんて、いなくなっても誰も困らないのだから。でも、わたくしは違うわ。身《み》の程《ほど》を弁《わきま》えなさい」

鼻で笑って立ち去る皇女を、エミリアは気丈《きじょう》な笑顔で見送っていた。だが自室に戻るなり——。

「くぅう、カサンドラ様ってやっぱりむかつく！　感謝の言葉の一つもない訳⁉」

ベッドに突っ伏《ぷ》して、手足をじたばたしながら悔しがる。そんなエミリアを見つめて、ダフネは溜息《ためいき》をついた。

「毎度のことながら、お疲《つか》れ様《さま》です」

「すごく腹立つ‼　ダメだわ、イライラしすぎて寝れなそう。こういうときは……」

ベッドから起き上がり、エミリアは鏡台の引き出しからイヤリングを取り出した。

「……エミリア様、またそのイヤリングですか。本当にお気に入りなんですね」

「うん！　このイヤリングがあると、なんか優しい気持ちになれるの」

「昔助けた、竜化病の少年からもらったもの――でしたっけ？」

「ルカっていう子よ。初めて自分一人で、竜鎮めをしたのがルカだったの」

七年も前のことだけれど、今もはっきり覚えている。

儚《はかな》げで、カラスの濡《ぬ》れ羽のような黒髪が美しくて、鈴《すず》のように澄《す》んだ声のルカ。「ずっと暗闇《くらやみ》の中にいた、とても苦しかった」と言ってルカは泣いていた。ルカを救ったあの日のように、これからも全ての人を救いたい。

エミリアはイヤリングを握りしめ、力強く笑った。

「よし、元気出てきた」

――理不尽《りふじん》なことはいろいろあっても、聖女としての日々が大好きだ。

カサンドラに意地悪を言われても、皇太子や皇帝、皇后に道具扱いされていても、どうでもいい。自分の堪忍袋《かんにんぶくろ》の緒《お》は、この程度では切れやしない。

……だが。なぜかエミリアより先にカサンドラの堪忍袋の緒が切れてしまったらしい。

唐突《とうとつ》に事件は起こった。皇都の神殿前広場でエミリアが宗教行事を執《と》り行《おこな》っていた真っ最中に、本物のカサンドラが乱入してきてエミリアの髪に水をかけてきたのだ。

「皆の者、騙されてはなりません！　この女はわたくしのニセモノです。わたくしの名を騙《かた》り、わたくしの名声をかすめ取ろうとする卑《いや》しい女なのです‼」

エミリアの髪から流れ落ちる赤い染料を見て、なぜかカサンドラが嘲笑《あざわら》っている。

（――えっ⁉　なんてことしてくれるのよ、この人⁉）

エミリアは頭が真っ白になった。壇上に現れた二人のカ、カ、カサンドラに、会場は騒然《そうぜん》。

「騎士達よ、この女を捕《と》らえなさい！　本物の聖女は、このわたくしよ‼」

あわあわしているエミリアを、瞬《また》く間《ま》に騎士が捕らえて、地下牢《ろう》に投獄《とうごく》……。

「ちょ……⁉　いきなりなんの真似《まね》ですかカサンドラ様！　ここから出して――」

「お黙《だま》り！　愚かなお前のせいで、わたくしは大変な目に遭《あ》っているのよ⁉　お前のような不出来な代用品は、もう要《い》りません‼　今後は名実共にわたくしが聖女をするわ。お前なんてすぐに処刑《しょけい》してあげるから、死んで責任を取りなさい！」

「一体私が何をしたって言うんですか⁉」

鉄格子《てつごうし》に縋《すが》りついて声を上げるが、カサンドラは振り返りもせず去っていった……。

……意味が分からない。いきなり乗り込んできたのも意味不明だし、そもそも替え玉にしてきたのは皇族の方だ。挙句の果てに、処刑って……？

「ちょっと——‼　あんたら、いい加減にしてよ！」

泣いても叫んでも、エミリアの状況《じょうきょう》は変わらなかった。

（……ふざけないでよ、絶対にこのまま殺されたりしないんだから！）

脱獄《だつごく》してやる‼　エミリアは、三歩で壁《かべ》に当たるような窮屈《きゅうくつ》な独房《どくぼう》を必死に観察した。

窓はない。錠前《じょうまえ》は頑丈《がんじょう》で、鉄格子も石材も独特の〝匂《にお》い〟がする——これは魔防製《まぼうせい》、つまり魔法を無効化する加工品に特有の匂いだ。ということは、攻撃魔法で破壊《はかい》して逃げ出すことは不可能……。

（それならうまく牢番《ろうばん》を呼びつけて、気をひいて、こっそり鍵《かぎ》を盗《ぬす》むとか？）

そんな器用な芸当が自分にできるか疑問だったが、挑戦《ちょうせん》あるのみだ！

うん……。全然うまくいかなかった。

残飯のような食事を運んできた牢番は、エミリアの話に耳も貸さない。「聖女様の名を騙ろうとした卑しい女め、さっさと死んじまえ！」という侮蔑《ぶべつ》の言葉と一緒に唾《つば》を吐《は》きかけられ、去っていく牢番をエミリアは呆然《ぼうぜん》として見送った。

聖女の仕事に捧《ささ》げた十年。それ以外の経験がかなり乏《とぼ》しいエミリアは、話術も詐術《さじゅつ》もからっきしだった。

（……そ、それなら処刑の日に実力行使よ!!　牢屋《ろうや》から出たとき脱走《だっそう》するしかない！）

脱走なんて、自分一人でできるだろうか？　……でも、やるしかない。

処刑が何日後だか知らないけれど、死んでたまるか。そう思い、体力を温存しようと決めた。

投獄されて、早一週間が経《た》っていた。暗くてカビ臭《くさ》い地下牢で膝《ひざ》を抱《かか》えてじっとしていると、ひどく気が滅入《めい》って後悔《こうかい》の念が込み上げてくる——。

（私って、バカだなぁ。逃げ出すチャンスなんて、これまでいくらでもあったのに）

悔しい。悲しい。……全部投げ捨てて、さっさと逃げるべきだった。あんな身勝手な人達に飼い殺しにされるより、聖女の力を隠してひっそり生きるべきだったんだ。

「……エミリア様」

エミリアはハッと顔を上げた。いつの間にか、鉄格子の向こうに騎士服を纏《まと》ったダフネが立っていた。

「ダフネ、どうしたのその恰好!?　剣《けん》まで提《さ》げちゃって……」

「お静かに。……牢番には全員毒を盛りました。今ならば、逃げ出せます」

耳を疑うエミリアとは対照的に、ダフネは冷静沈着《ちんちゃく》だ。盗み出してきたという鍵を使って錠前を開きながら、ダフネが告げる。

「この国を捨てて隣国《りんごく》へ逃《のが》れましょう。出国の準備は整っています」

「……でもあなたはお城の侍女でしょう？　なんで私を逃がしてくれるの？」

ダフネは返答に困った様子で口をつぐんでいたが、やがて言葉を吐き出した。

「……私自身が、決めたからです。エミリア様。どうか、手を」

エミリアはダフネの手を取った。全てを投げ捨て、やけくそで夜逃《よに》げしたのである。


逃亡劇《とうぼうげき》は順調だった。追っ手に見つかることもなく、ダフネの操《あやつ》る馬に乗って逃げること数日。目指すはレギト聖皇国と西の国境線で接する、ログルムント王国だ。レギトとログルムントは国土の一部が砂漠地帯でつながっており、国境線が曖昧《あいまい》になっている。その砂漠は〝竜の砂嚢《キサド・ドラグネ》〟と呼ばれていて、大陸中央まで続く巨大《きょだい》砂漠だ。〝竜の砂嚢《キサド・ドラグネ》〟には凶《きょう》暴《ぼう》な魔獣《まじゅう》がうじゃうじゃと湧《わ》き、おまけに〝砂の民《たみ》〟という蛮族《ばんぞく》が遊牧をして暮らしている――要するに、命の惜しい人間ならば決して近寄らない場所だ。

馬は荒涼《こうりょう》とした砂漠地帯を走り続け、とうとう今朝、隣国・ログルムント王国への密入国を果たした。ダフネによると、自分たちが今いる場所は王家直轄《ちょっかつ》領である〝ヴァラハ領〟の領内であり、このまま西に進めば領都に到着《とうちゃく》するそうだ。

このまま無事に街に行けたら、きっと新しい人生が始まる。第二の人生は、どんなふうに生きようか？　そんな希望が、エミリアの胸に膨らんでいった。

（今まで聖女の仕事ばかりだったけれど、これからは普通《ふつう》の女の子に戻るのね。私もダフネも密入国者だから、目立たずひっそり生きなきゃならないけれど……それでも、きっと楽しいことも嬉しいこともいっぱいあるはずよ）

――そう思っていたのに！

「きゃぁあああああああああ！　だめ、死ぬ。死んじゃう――‼」

全力疾走《しっそう》する馬の背で、エミリアは悲痛な声を上げていた。エミリア達は不運にも魔獣に遭遇《そうぐう》してしまったのだ。砂塵《さじん》を巻き上げて追いかけてくる〝砂塵竜《さじんりゅう》〟――体高三メートルを越《こ》える砂色の有翼爬虫類《ゆうよくはちゅうるい》は、おぞましい咆哮《ほうこう》を上げてこちらに迫《せま》っている。

「や、やばいよダフネ‼　砂塵竜って、騎士団の一個小隊でようやく討伐《とうばつ》できるかできないかっていう……！　夜行性だから昼なら大丈夫《だいじょうぶ》だと思ったのに‼」

「舌を噛《か》みます、口を閉じてくださいエミリア様」

ダフネは馬の手綱《たづな》を巧《たく》みに操り、鋭い瞳《ひとみ》で進行方向を睨《にら》み続けていた。エミリアは全速力の馬にしがみつき、必死に悲鳴を飲み込んだ。

（いやぁ――――‼　死ぬ死ぬ死ぬ、死んじゃうよぉぉぉお！　せっかく普通の女の子の暮らしができると思ったのに!! 美味《おい》しいお菓子《かし》いっぱい食べたり、露店《ろてん》で食べ歩きとか友達作ってお洒落《しゃれ》なティータイムとかやってみたかったのに!! あぁあぁ)

……泣いて悔《く》やんで状況が変わるなら、これほど楽なことはない。足掻《あが》かなければ、道はないのだ。それなら、自分にできることは?

エミリアは一応、攻撃魔法も使える……実戦経験はほぼゼロで、そもそも戦闘《せんとう》のセンスがないので滅多《めった》に使わないのだが。うまく雷撃《らいげき》を叩《たた》き込めば、時間稼《かせ》ぎくらいにはなるかもしれない。ブレる指先に全神経を集中させて、雷撃の魔法陣《まほうじん》を描《えが》き始めた——しかし次の瞬間、

「エミリア様、頭を伏せて!!」

竜の咆哮が音の牙となり、着弾《ちゃくだん》した前後左右の砂地が爆《は》ぜた。馬が暴れ、エミリアはダフネと共に放り出される。

「きゃあ!!」

ダフネはエミリアの肩を咄嗟《とっさ》に抱き、勢いを殺して砂地に転がり込んだ。馬はすっかり混乱していて、荷物を散らして一目散に逃げていく。

「馬が! ……っ!?」

馬は遠ざかり竜は迫る。砂塵竜の巨大な体軀《たいく》は、すでに目前だった。羽ばたくたびに、凶暴な風が頰《ほお》を打つ。鮮烈《せんれつ》なまでの虹色《にじいろ》をした竜の眼《め》は、エミリア達を見下ろして愉悦《ゆえつ》の

色を浮《う》かべている。もう魔法陣を描く時間はない。

——終わった。第二の人生スタート目前で、全人生が終わってしまった。

(いやぁああ！　食べないでぇえ！)

ダフネを抱きしめ、エミリアが声にならない悲鳴を上げたその瞬間。

岩陰《いわかげ》から一人の男が躍《おど》り出《で》てきた。

一足飛びに竜の頭上まで跳躍《ちょうやく》し、両手に携《たずさ》えた二本の曲刀で竜へと切りかかる。首筋を切りつけられた竜は怒号《どごう》を上げて、男に牙を剝いた。

「——はっ。生きのいい竜だな、捌《さば》き甲斐《がい》がある！」

その男は楽しそうに笑っていた。

(……誰、この人!?)

男が纏うのは、〝砂の民〟の民族衣装《いしょう》。両手の曲刀も、砂の民が愛用するものだった。

砂の民——それは竜の砂嚢《キサド・ドラグネ》に住む遊牧民族で、たびたび国境付近の街を襲《おそ》って野盗行為《やとうこうい》を働く蛮族である。

(砂の民なの？　でも、肌《はだ》や目の色が違う)

砂の民の特徴《とくちょう》は褐色《かっしょく》の肌、そして漆黒《しっこく》の目と黒髪だ。だがこの男の肌の色は、エミリアと同系統に見える。ターバンから零れる髪は陽光のような黄金で、瞳は海のように青い。

本来なら十数人がかりで戦うべき竜が、たった一人の男に圧《お》されている。左右の曲刀で自在に繰《く》り出す剣戟《けんげき》はまるで舞《まい》のようだ。男は嬉々《きき》として太刀《たち》を振るい続けていた。

(竜討伐は、十人以上でするものなのに……。あの人、こんなに簡単そうに)

呆気《あっけ》にとられるエミリアの耳に、ダフネが囁《ささや》く。

「エミリア様。今のうちにお逃げください」

ダフネを振り返り、エミリアは驚愕に顔を歪《ゆが》めた。

「ダフネ、頭から血が!! それに真っ青だよ……まさか竜毒にやられたの!?」

砂塵竜の唾液《だえき》には猛毒《もうどく》がある――ダフネはそれに侵《おか》されているようだった。エミリアは解毒《げどく》魔法を発動しようとしたが、ダフネはそれを拒《こば》んで、逃げるよう促《うなが》した。

「解毒は不要なので、今すぐ逃げてください。あの男、戦いながらこちらを監視《かんし》しています。……かなりの手練《てだ》れです。私達を捕らえようとするかもしれません。……あなたは、お早く」

ダフネの悪化は明らかだった。砂に膝を付き、呼吸が浅くなっていく。

「逃げるならダフネも一緒に決まってるでしょ!? 大丈夫、すぐに解毒を――きゃあ!」

エミリアが言い終わらないうちに、ダフネは彼女を突き飛ばした。

「さっさと逃げろと言っているでしょう!!」

ダフネが声をふりしぼるのと同時に、巨大な竜が仰向《あおむ》けに倒《たお》れた。

「この程度か。もう少し楽しませてほしかった」

そう呟《つぶや》くと、男は二本の曲刀を鞘《さや》に納めてエミリア達のほうに顔を向けた。

「……君は、」

男は海のような青色の瞳を、驚いたように見開いている。一瞬《いっしゅん》動きを止めていたが、我に返った様子でこちらに歩み寄ってきた。

得体の知れない男だ——エミリアは、威嚇《いかく》するように声を張り上げた。

「それ以上近寄らないで！」

しかし、男は止まらない。

「近寄らないでってば——来ないで‼」

鍛《きた》え上げられた体軀と精悍《せいかん》な美貌《びぼう》は、すでにエミリアの目の前だ。ぐったりとしてしまったダフネを抱きしめ、エミリアは男をキッと睨み上げた。

(この男、何者なの？　どう見ても野盗だし、竜の次は私達を襲うつもり？)

「密入国してきたのか」

男が拳《こぶし》を突き出してきたので、エミリアはビクッと目を閉じた。殴《なぐ》られるかと思ったが、なんの痛みも衝撃《しょうげき》もない。おそるおそる目を開けると、目の前の拳には小さなガラス瓶《びん》が握られていた。

「竜毒の解毒剤《ざい》だ」

……何を言われたのか、一瞬、理解ができなかった。

「ほら。早く飲ませろ、手遅《ておく》れになるぞ」

解毒剤を……野盗が？　驚いて男を見上げれば、彼の瞳は真剣《しんけん》だった。戸惑《とまど》いつつ、エミリアは小瓶《こびん》を受け取って、中の液体をダフネの口に含《ふく》ませた。

「それを飲ませておけば、死ぬことはない。あとはよく休ませてやれ。竜毒にやられると、二、三日は体の自由が利《き》かなくなるんだ」

ダフネに解毒剤を最後の一滴《いってき》まで飲ませ終わったとき、「あぁ、いた！　おーい、頭領《ボス》！」という若い男の声が響《ひび》いた。ラクダに乗った三名の男が、こちらに近づいてくる。砂の民と思《おぼ》しき褐色肌の青年と、右目に眼帯をした青年、そして、頬に刀傷のある老人だ。彼らは全員、野盗の仲間に違いない。

「またディオン様は、一人で勝手に行っちまうんだから」

「ディオン様。陣《じん》を組んで討伐せねば、竜毒に侵されたときに対処できませんぞ」

（……このディオンとかいう男は、野盗のボスなのね。どうりで腕《うで》が立つ訳だわ）

エミリアがそう考える間にも、手下達とディオンの話は続いていた。

「おいおい。俺が今まで何匹《びき》の砂塵竜を狩《か》ってきたと思ってるんだよ。今さら竜毒にやられるようなミスをするものか。だが……」

ディオンが視線をこちらに投じた。手下達も、エミリア達を見る。

「ディオン様、彼女らは何者ですか？」

　ディオンが「密入国者だ」と答えると、三人はやや鋭い目つきに変わった。エミリアは、ダフネを抱く手に力を込める。

「で。どうする？　密入国のお嬢《じょう》さん？」

「どうする、って……」

「馬はどうした？　まさか、徒歩でここまで来た訳じゃないんだろ」

　言われて今さら気がついた。――そうだ、馬には逃げられてしまった。エミリアのうろたえぶりが面白《おもしろ》かったのか、男は「ぷっ」と噴き出していた。

「わ、笑わないでよ……！　なんとかするから、ほっといて」

「ケガ人を連れて、どうやってなんとかするんだ？　しかも密入国のクセに」

　うぅ……。と言葉に詰《つ》まるエミリアに、男は涼《すず》しく笑ってみせた。

「雇《やと》われてやろうか？」

　エミリアは目を見開いた。ディオンの手下達も驚いている様子だ。

「困ってるんだろ？　領都まで運んでやるよ、報酬《ほうしゅう》は後払《あとばら》いで構わない」

　野盗なんか雇うものですか！　と跳《は》ね除《の》けたいところだが、馬がないのでどうしようもない。ダフネを早く休ませたいし、お金はあるから領都までの護送料金を支払《しはら》うことは可能だ。数年遊んで暮らせるほどの大金を、ダフネがどこからか調達してきていた。

「…………分かったわ。あなたを雇わせて頂戴《ちょうだい》」

ディオンは「交渉成立《こうしょう》だな」と機嫌《きげん》良く笑って、エミリアを抱き上げた。

「きゃあ！　ちょっと」

ディオンは彼女を横抱きにすると、ラクダに座らせた。ディオンに指示されて、刀傷の老人がダフネを抱えてラクダに乗る。「それじゃあ、行こう」というディオンの合図で、全員が領都の方角へと進み始めた。


砂漠の端《はし》が見えてきて、城壁《じょうへき》に囲まれた大きな街が近づいてくる。エミリアは目を輝《かがや》かせ、安堵《あんど》の息を漏らしていた。

「安心したか？」

すぐ後ろからディオンの声が降ってきたので、びくりとしてから表情を引《ひ》き締《し》めた。

（……ダメだわ、ちゃんと警戒《けいかい》しなきゃ！　見ず知らずの男に、しかも野盗に見透《みす》かされるなんて。隙《すき》を見せたら、つけ込まれるに決まってるんだから）

エミリアはよく、ダフネに「人が良すぎる」と叱られる。どうやら自分は騙されやすい性格のようだから、きちんと警戒しないといけない……気を引き締めよう。

「ぷっ。やっぱり面白い女だなぁ！　表情がコロコロ変わる」

何が面白いのか、ディオンは後ろで大笑いをしていた。……こんな男に舐《な》められてはいけない。城壁を抜《ぬ》けて街に入ったところで、エミリアはディオンを振り返り、気丈な笑顔

を浮かべてみせた。

「ここまでで十分よ。足代をお支払いするわ。おいくらかしら」

「何言ってるんだ？　雇用契約《こようけいやく》はむしろこれからだろ」

「──へ？」

「あと、俺の求める報酬は金じゃない。俺が欲しいのは、君だ」

気丈な笑みはどこへやら。エミリアはさぁぁ……と、真っ青になった。

「そ、それってまさか野盗の情婦になれってこと⁉」

「ん？　まぁ、そんな所かな？　俺の屋敷《やしき》で詳《くわ》しく話すから、このまま乗ってろ」

逃げ出そうとするエミリアをがっしり捕《つか》まえて、ディオンは悪戯《いたずら》っぽく笑っていた。


──数時間後。ディオンの屋敷の応接室で、エミリアはガチガチに緊張《きんちょう》していた。

（…………屋敷って）

そこは、白亜《はくあ》の大邸宅《だいていたく》だった。不潔なアジトに連れ込まれると思い込んでいたエミリアは、思考停止に陥《おちい》っている。

「お茶でございます。旦那様《だんなさま》がお見えになるまで、ごゆるりとお待ちくださいませ」

メイドに出された紅茶から、優美な香りと湯気が立ち上っていた。

（あの男、ただの野盗じゃなかったの⁉　このお屋敷、どう見ても領主邸《てい》レベルだけど）

今のエミリアは、薄汚《うすよご》れた旅装から空色のドレスへと着替《きが》えさせられていた。屋敷に着くなり、ディオンがメイド達に「彼女の世話をしてやってくれ」と命じたのだ。浴室へ導かれ、身綺麗《みぎれい》にされてドレスを着せてもらったのはついさきほどのことである。

「待たせたな」

応接室に入ってきたディオンの姿に、エミリアは目を瞠《みは》った。砂漠にいたときの粗野《そや》な印象とはまるで違う。シャツと黒のトラウザーズという服装はシンプルだが縫製《ほうせい》の良さが際立《きわだ》っており、汚れを落として整えた金髪《きんぱつ》は先ほどよりさらにきらびやかに見える。

今の彼の出《い》で立《た》ちはまさに、王侯《おうこう》貴族のそれだった。

「あなた一体、何者なの⁉」

「名乗りが遅《おく》れて失礼した。俺はディオン＝ファルサス・ログルムント。王家直轄領ヴァラハの現領主——そして女王ヴィオラーテ＝ファルマ・ログルムントの弟だ」

彼はゆったりと歩み寄り、エミリアの亜麻色《あまいろ》の髪を一房《ひとふさ》手にとって微笑《びしょう》した。

「俺を雇いたいんだろう？　詳しい雇用条件を相談しよう」

一方のエミリアは、すっかり平静を失っていた。

「ちょ、ちょっと待って、あなたが王弟殿下ですって？　冗談《じょうだん》も大概《たいがい》に……」

「ところが冗談じゃないんだ、これが」

ははは。と快活に笑う彼を見つめ、エミリアはパニックに陥っている。

（そういえば……）

エミリアが思い出したのは、聖女カサンドラに扮《ふん》して数年前にこの国に表敬訪問したときのこと。その際に謁見した女王ヴィオラーテは、確かにディオンそっくりの美貌の持ち主だった。深い青に淡緑色《たんりょくしょく》のきらめきを散らしたような目の色も、陽光に似た金髪も。

……ということは。目の前のこの人は、本当に王弟殿下なのだろうか。

「でも！　それならなんで、野盗の恰好で竜狩《りゅうが》りなんかしていたんですか⁉」

「竜狩りは俺の趣味《しゅみ》だ。ヴァラハ領は魔獣の多い土地柄《がら》だから、趣味と実益を兼《か》ねてよく狩りに行っている。それに俺は、自分が野盗だなんて一言も言ってないぞ？　俺が砂の民の民族衣装を着ていたから、野盗と勘違《かんちが》いしたんだろう？」

うっ。と声を詰まらせるエミリアを、たしなめるようにディオンは言った。

「砂漠では、あの恰好が一番機能的なんだ。というか、砂の民と〝野盗〟を安易に同一視するのは気に入らないな。実際に砂の民に襲われたことはあるのか？」

「…………ないですけど」

「だったら、偏見《へんけん》で決めつけるのは良くないぞ」

確かに、偏見は良くない――エミリアは肩を落とした。

「何はともあれ、俺が偶然《ぐうぜん》あの場に居合わせたのは幸運だった。君は命拾いしたし、俺は君という結婚《けっこん》相手に出会えたんだから」

「結婚相手？　……なんの話をしてるんですか？」

「報酬の話だよ、『君が欲しい』と言ったじゃないか。俺と結婚してくれ。いいように扱える、都合の良い女を探してたんだ」

はぁ!?　とエミリアは嫌悪感《けんおかん》を露《あら》わにした。

「何それ最低!!　王弟のくせになんてふしだらな……」

「ふしだらか？　契約結婚の話だぞ？　俺は〝用心棒〟として君に雇われ、報酬として君が俺の妻役を演じるんだ。悪くない話だと思うんだがな」

要するに、形ばかりの王弟妃《おうていひ》になってもらいたいんだ――と、ディオンは続ける。

「王弟妃として最低限の公務はしてもらうが、それ以外は自由に過ごして構わない。一方で、俺は用心棒としてあらゆる危険から君を守ろう。君の過去や素性《すじょう》については一切詮索《いっさいせんさく》しないし、ログルムント王国の平民として、良《い》い感じの経歴を捏造《ねつぞう》してやるよ。密入国者の君にとって、これ以上ない好条件だとは思わないか？」

〝密入国者〟を強調して、ディオンはニヤリと笑っている。

「……それって、脅迫《きょうはく》ですか」

「そうだよ。普通に考えて、王族が密入国者を見逃《みのが》すのはダメだろ？　きっちり逮捕《たいほ》して、君の国に送り返さなきゃな。でもまぁ、俺の妻になってくれるなら……」

ずるい。と言いたかったが、王弟相手に言える言葉ではない。彼がなぜ形ばかりの妻を求めているか知らないが、ともかくエミリアは〝都合の良い女〟として適任らしい。

「契約期間は最低七年。あとは随時更新《ずいじこうしん》でどうだ？」

（都合よく転がされてる気がするわ。でも確かに、条件は悪くないかも……）

彼の提案を拒んでレギト聖皇国に送り返されるより、王弟妃を演じて生きるほうがマシだ。しかも身の安全は保障されるという。契約期間が七年というのも、替え玉として十年も働いてきたことに比べれば、むしろ短い。

（偽《にせ》聖女から偽の王弟妃になるなんて、ちょっと皮肉ね……）

そのときノックの音が響き、一人の侍女が入室してきた。気を失っていたダフネが目覚めたという報告を聞いて、エミリアは安堵の笑みを零す。

「従者様は、お嬢様《じょうさま》のご無事を確認したいと仰《おっしゃ》っています」

報告を終えて侍女が退室したのち、ディオンが声をかけてきた。

「従者のことが心配だろ？　顔を見せてくるか？　俺との話は、あとでも構わない」

エミリアは、ダフネのことを考えた。隣国の王弟と契約結婚をするなどと聞いたら、ダフネは目の色を変えて反対してきそうだ。だったら――。

「いいえ。殿下とのお話をきちんと固めたあとで、ダフネに説明しに行きます。……私があなたの妻になれば、ダフネの安全も保障してくださいますよね？」

当然だ、と即答《そくとう》したディオンに向かって、エミリアは少し緊張しながら頭を下げた。

「でしたら、私は異論ありません。契約しましょう、ディオン殿下」

——場所は変わって、レギト聖皇国。エミリアが脱獄した翌朝のことである。宮殿《きゅうでん》内の自室で目覚めたカサンドラは、朝から晴れやかな気分だった。

そろそろ報告が来るかしら。と思っていたら、侍女達が緊張の面持《おもも》ちで入室してきた。

「カサンドラ皇女殿下、皇帝陛下がお呼びでございます！　大至急で、とのことでした」

顔をこわばらせる侍女達とは対照的に、カサンドラは余裕《よゆう》たっぷりの笑顔だ。

「あら、そう。分かったわ。それなら、すぐに支度《したく》をして頂戴」

身支度《みじたく》を整えさせながら、カサンドラは悠々《ゆうゆう》と窓の外を眺《なが》めている。大勢の兵士達が、何かを探しているように動き回っていた。

「今朝は随分と慌《あわ》ただしいけれど、何かあったのかしら」

侍女に尋《たず》ねると、侍女達は困惑《こんわく》した様子で分からないと答えた。

「まるで、罪人が逃げ出したような慌てぶりねぇ……うふふ」

兵士達が誰を探しているのか、カサンドラはよく知っている。——なぜなら、ダフネに命じてエミリアを脱獄させたのは、カサンドラだったのだから。

(エミリアが消えて、清々したわ。あんな子、惨《むご》たらしく殺されればいいのよ!)

愉悦に浸《ひた》りながら、カサンドラは幼い頃《ころ》からの日々に思いを巡《めぐ》らせていた——。

——バカで便利な子。カサンドラは、出会った頃からエミリアをそう思っていた。

エミリアが髪を染め、変装しながら先輩聖女のもとで仕事を学ぶ姿は滑稽だった。このまま一生替え玉として使い潰《つぶ》されるとも気づかず、エミリアは多忙な皇女の代役を一時的にしているだけだと思い込んでいたのだから。

『カサンドラ様、私も早く一人前になりますね。そしたら一緒に頑張りましょう!』

エミリアにそう言われたとき、この子は筋金入りのバカだと思った。エミリアがよく働くのも誰に対してもフレンドリーなのも、愚かさゆえに違いない。……あの仏頂面《ぶっちょうづら》のダフネにすら、親しげに接しているのだから。

(本当にバカな子ねぇ。ダフネは専属侍女なんかじゃなくて、監視役なのに!)

ダフネは侍女兼《けん》護衛役という肩書《かたがき》を与《あた》えられているが、実際には〝皇家の影《かげ》〟と呼ばれる皇帝直属の暗殺者集団に属する女だ。エミリアを替え玉に据《す》えるとき、皇帝は監視役としてダフネを抜擢《ばってき》した。エミリアが逃亡を図《はか》ったときに捕獲《ほかく》するのが、ダフネの役割だ。

エミリアは、皇城のはずれに佇《たたず》む古い塔《とう》に居室を与えられている。替え玉をするとき以外は外出禁止で、完全に〝籠《かご》の鳥〟である。にもかかわらずエミリアが毎日楽しそうなのは、「バカすぎて自分の不幸に気づけないから」に違いない。

（エミリアが羨《うらや》ましいわ。だって賢《かしこ》いわたくしは、自分の不幸に気づいてしまったのだもの……。わたくし、聖女になんて生まれたくなかった！）

聖女は人々に崇拝される尊い存在だが、その仕事は楽ではない。この広大な大陸西部にたった九名しかいないのだから、激務となるのは当然だ。様々な病やケガに苦しむ人々を、日夜救い続けなければならない――たとえ老いても、現役《げんえき》として働ける限りはずっと。

人間は、生まれる場所を選べない。王侯貴族に生まれた者はその地位で一生涯《いっしょうがい》の務めを果たし、平民に生まれた者は平民として国を支える。そして、聖女という特異な星の下に生まれた者は、聖女として生きることを強《し》いられる。それがこの世の理《ことわり》だ。

聖女の輩出国《はいしゅつこく》であるレギト聖皇国で皇族出身の聖女が生まれたのは、建国以来初めてのことだった。それゆえ、カサンドラは〝聖皇女〟として国内外に注目されている。

（でも、わたくしは普通の皇女に生まれたかった。華《はな》やかな社交場こそがわたくしに相応しいし、わたくしはすでに尊い存在なのだから、聖女の肩書なんて不要だもの）

カサンドラは、聖女の仕事を嫌がった。皇帝に「聖女の仕事に励《はげ》んでおくれ」と頼まれても、理由をつけてはサボろうとする。「そんな雑務、他の聖女《クロエ》にやらせてくださいませ！　わたくしは皇女ですもの、聖女の仕事などいたしません!!」の一点張りだ。

だから「背恰好も年齢《ねんれい》も同じエミリアを、カサンドラの替え玉として使おう」という話になり、カサンドラは喜んだ。自分は聖女の現場から遠ざかりつつ、人々から〝聖女カサンドラ〟として称賛《しょうさん》されるのだから、良いことずくめだった。

……だが。それでもまだ、カサンドラは自分の境遇《きょうぐう》に不満を持っていた。

（わたくし、やっぱり聖女なんて嫌!!　……もし聖女に生まれなければ、ディ、オン、殿下、と、結婚できたのに、に!!）

幼い頃のカサンドラは、隣国の第一王子ディオン＝ファルサス・ログルムントに想《おも》いを寄せていた。皇帝もカサンドラの意向をよく理解しており、隣国に幾度《いくど》もディオン王子の婿入りを打診《だしん》していた――「希少な聖女《カサンドラ》を他国に嫁《とつ》がせる訳にはいかないから、貴国の王子を婿《むこ》入りさせよ」という体である。しかし、王位継承《けいしょう》権上位の第一王子を婿入りさせる訳にはいかない、という理由で実現しなかった。カサンドラが十二歳になる頃には、皇帝はディオンを諦《あきら》めて自国内で婚約者《こんやくしゃ》を探すことに決めたのである。

当時のカサンドラは、大荒《おおあ》れだった。

「ディオン殿下だって、わたくしと結ばれたかったに違いないわ。だって、あんなに優しい笑みを、いつもわたくしに向けてくださっていたもの。ああ、わたくしが聖女でなければ、ディオン殿下のもとに嫁いでいって差し上げたのに！」

さんざん泣いて不機嫌《ふきげん》になり、そしてエミリアに八つ当たりする日々……。最終的には美男子として有名なドルード公爵《こうしゃく》家《け》の次男・レイスが婚約者に据えられて、カサンドラの機嫌は落ち着いたのだった。

レイス・ドルードは美貌と誠実さを兼ね揃《そろ》えた好人物で、婚約者となったカサンドラにひたむきな愛情を注いでくれた。美男子に愛を告げられて、気を悪くする女はいない。ディオンと結ばれないのは不本意だが、レイスならば悪くないか……という結論に落ち着いたカサンドラなのであった。

月日は流れ、カサンドラもすでに十八歳。来年にはレイスと婚姻《こんいん》を結ぶ予定だし、相変わらず聖女としての評判は上々。それに、面白くないことがあるときはエミリアに嫌味を言って憂《う》さ晴《ば》らしもできる。カサンドラの人生は、順風満帆《まんぱん》だった。

――あの事件が起こるまでは。

その日、レイスは暗い顔をしていた。週に二、三度は彼と皇城で二人きりのディナーを楽しむことにしているのだが、今日のレイスは顔色が悪い。どうしたのかと問うても、彼はなかなか答えなかった。やがて絞り出された言葉は……。

「…………カサンドラ様。あなたは、本当に聖女カサンドラ様なのでしょうか？」

ワイングラスを取り落としそうになったカサンドラは、平静を装《よそお》って微笑した。

「あら。それはどういうことかしら、レイス？」

「実は……僕は昨日、神殿で働いておられるあなたに会いに行ったのです」

「まぁ。聖務中は気が散ってしまうから、来ないでとお願いしていたでしょう？」

「済みません。ですがどうしても、あなたとお会いしたくて……」

彼は、休憩時間中《きゅうけい》の〝聖女カサンドラ〟に面会を求めたそうだ。神官達は彼がカサンドラの婚約者だと知っていたから、休憩室に案内して二人きりにしてくれたという。

「お疲れのあなたは、ソファで熟睡中《じゅくすい》でした。法衣姿ですやすや眠るあなたが……その、とても愛おしくて。その。……見ているうちに、庇護欲《ひごよく》が……抑《おさ》えられなくなってきて」

「それで……どうなさったの？」

「寝顔《ねがお》が見たくてたまらなくなりました」

罪を打ち明ける者のように、レイスは膝をついて手を組み、カサンドラを見上げた。

「やましい気持ちではなかったのです。ただ一目、眠るあなたのお顔が見たくて。それで、あなたのお顔にかかっているヴェールを、ですね。……めくってしまいました」

――レイスったら、なんということを!!　と、カサンドラは青ざめた。だがしかし、レイスのほうがもっと真っ青になっている。

「ヴェールの下の顔は、別の女性でした。濃《こ》い化粧をしていましたが、あなた本人ではないことくらい、婚約者の僕には分かります。……あの女性は、何者ですか？」

大ピンチだ。

カサンドラは震《ふる》えた。この十年誰にも疑われなかったのに、まさかこんな形で暴かれる日が来るなんて……。そして、咄嗟に叫んだのである。

「そ、それはきっと、ニセモノですわ!! 実は最近、わたくし体調が悪くて病欠してましたの。その隙を突いた不審者《ふしんしゃ》が、わたくしに成り代わろうとしたに違いありません!!」

——その結果が、神殿前広場での騒《さわ》ぎだ。

宗教行事を執り行っていたエミリアを、カサンドラの騎士達が捕縛《ほばく》し、投獄した。偽聖女騒ぎは瞬く間に皇都中に広がっていき、皇帝や皇后、皇太子は大慌《おおあわ》てである。

「カサンドラ! なぜエミリアのことを国民の前でばらしたんだ!?」

「エミリアが悪いのですわ!! エミリアが仕事中に昼寝《ひるね》なんてしていたから、レイスに正体を暴かれてしまったのです。だからわたくしは、やむなく」

逆上したカサンドラの言葉を、皇帝達は唖然《あぜん》としながら聞いた。昼寝をしていたエミリアも、ヴェールをめくったレイスも問題だが、何よりの問題は……。

「しかし、他にいくらでもやりようはあっただろう! 何も公衆の面前で……」

カサンドラは声を詰まらせた。しかし、やってしまったことは取り消せない。

「ともかく、エミリアを使い続けるのは危険ですわ。口封《くちふう》じのためにも、エミリアを処刑してください。今後は名実共に聖女の務めをわたくしが果たしますから!!」

だが皇帝らは、首を縦には振らなかった。

「エミリアにはまだ利用価値がある。ほとぼりが冷めたら、また使えるはずだ」

バカにされた気分になった。愚かで卑しい平民娘《エミリア》よりも、自分のほうが劣《おと》っているというのだろうか？　確かにここ十年ほど聖女の仕事から離《はな》れていたが、自分には才能がある。ましてや大人になった今なら、聖女の務めくらい問題なく果たせるはずなのに。

カサンドラにとって、エミリアは危険分子だ。一刻も早く排除《はいじょ》したくてたまらないのに、誰も賛同してくれない。——だから、カサンドラは行動を起こした。

「ダフネ。エミリアを脱獄させなさい」

彼女はダフネを呼び出して、大金を手渡《てわた》してそう命令した。

「父上はエミリアを処刑する気はないそうよ。エミリアにまだ利用価値があると思い込んでいるの。……でも、そんなの許せない。だから逃がして、外で殺しなさい」

ダフネの灰色の目が、いつもよりさらに鋭くなった。

「できるでしょう？　〝皇家の影〟である、お前なら」

ダフネは何も答えない。〝皇家の影〟は、皇帝直属の暗殺者集団だ——だから、たとえ皇女に命じられても、本来従う道理はないのだ。

「うふふ、分かっているわよ、お前は父上の犬だから、私の指示は受けないと言いたいのでしょう？　だから特別に、お前にはたっぷりご褒美《ほうび》をあげましょう。エミリアをきちんと殺して帰ってきたら、今の五倍の報酬をあげる。そうしたら、一生遊んで暮らせるわよ？　暗殺稼業《かぎょう》から足を洗って、自由に暮らしなさいな」

ダフネは顔から表情を消し、しばしの沈黙を挟んで「御意《ぎょい》」と答えた。

「自由になれたと喜ばせてから、絶望の淵《ふち》に突き落として殺してやりなさい。あの愚かなエミリアに相応しい、惨たらしくて屈辱的《くつじょくてき》な殺し方でお願いね」

「承知しました。準備を整え、明日の晩に決行いたします」

ダフネは優秀《ゆうしゅう》な暗殺者だ。失敗などするはずがない。カサンドラは愉悦に笑った。


――そして現在に至る。執務室へ入室すると、困惑した様子の両親と兄が待っていた。

父の話によると、監獄《かんごく》の番兵は全員毒を盛られて倒れており、ダフネは行方《ゆくえ》不明らしい。

「信じられん。まさかダフネが、皇帝を裏切ってエミリアを脱獄させるとは……」

「あなた。こんなことが万が一、法王猊下に知られたら――」

「いえ、母上。法王の耳に入るおそれはないでしょう。法王がいるのは、竜の砂嚢《キサド・ドラグネ》の果ての法王領ですから。あの砂漠を越えられるのは、我々レギト皇家のみです。……しかし〝皇家の影〟が同伴しているとなると、エミリアの回収は手こずるかもしれませんね」

深刻そうな家族の話に、カサンドラは微笑しながら割って入った。

「逃げてしまったものは仕方ありません。でも、本物《わたくし》がいれば問題ないでしょう？」

「随分とご機嫌だが、もしや脱獄にお前が一枚噛んでいる訳ではないだろうな？」

「まさか！　〝皇家の影〟を、わたくし如《ごと》きが動かせるとお思いですか？」

実際にはお金でコロリと動かせたのだが、勿論《もちろん》それは口に出さない。

「……お前に、本当に聖女の役目が務まるのか？」

「勿論です。むしろそれが、本来あるべき形ですもの」

優雅《ゆうが》に一礼したカサンドラは、自分の才能を信じて疑わなかった。家族全員が胡乱《うろん》げな顔をしていることに、彼女はまったく気づいていない……。


領主邸の応接室から執務室へと場を移し、エミリアとディオンは二種類の契約書を取り交《か》わすことにした。紙面にペンを走らせながら、ディオンがエミリアに尋ねてくる。

「そういえば、君の名前は？」

返答に詰まるエミリアに、ディオンは軽く微笑《ほほえ》みかける。

「名前が分からないと、契約書を作れないだろう？　過去も素性も詮索しないが、名前だけは聞いておきたい」

「……メアリ・アンヘルです」

用意していた偽名《ぎめい》を告げると、ディオンは「ふぅん」と呟きペンを走らせ続けた。

「よし、書けた。君も内容をチェックしてくれ」

差し出された二種類の契約書に、エミリアが目を通す。一枚目は雇用契約書――〝メアリ〟が雇用主となり、ディオンを用心棒として雇うための契約書だ。報酬欄《ほうしゅうらん》には給与《きゅうよ》金額が書かれておらず、金額の代わりに『金銭ではなく雇用主との婚姻関係の維持《いじ》を、本契約における報酬とする』という一文が記載《きさい》されていた。

「はい。雇用契約書、確認しました。とくに問題ありません」

「それじゃあ、二枚目のほうも見てくれ」

二枚目は結婚契約書で、契約結婚の詳細が綴《つづ》られている。条文は六つだ。

〝一、ディオンが求めた際には、メアリは愛妃《あいひ》として宮中行事や社交場に同伴する。〟

〝二、対外的には相思相愛の夫婦《ふうふ》を演じる。〟

〝三、メアリの過去と素性について、ディオンは一切《いっさい》の詮索をしない。〟

〝四、メアリのヴァラハ領内での自由行動を認める。〟

〝五、契約期限は最低七年の随時更新。〟

ふと疑問に思い、エミリアは尋ねた。

「契約期間が最低七年なのは、何か理由があるんですか？」

「ああ、家庭の事情ってやつだよ」

ディオンの説明は適当だったが、まぁ七年くらいはエミリアにとっては大した問題ではない。しかし、最後の条文を見てエミリアは眉《まゆ》を寄せた。

〝六、閨事《ねやごと》は強要しない。妻の自由意志に委ねるが、随時相談。〟

「……殿下。なんですかこの六番目の条文は」

「いやだから。君の意志に任せようかと」

「そんなの、イヤに決まってるじゃないですか！　契約結婚でしょう⁉」

「契約結婚と白い結婚は同義《イコール》じゃないと思うんだが。だからこそ条文に起こす訳で」

「白です！　白と明記してください！」

分かった分かった。と苦笑《くしょう》して、彼は〝六、閨事は執り行わない。〟と書き改めた。

「ほら、直した。これで問題ないだろう？」

顔を赤くしたエミリアは、穴が開くほどチェックしてからうなずいた。二通それぞれにエミリアとディオンがサインをして、契約書が完成した。

「この出会いに感謝を。今後共よろしく、メアリ」

満面の笑みで、ディオンは彼女に握手《あくしゅ》を求める。偽名で呼びかけられることに違和感《いわかん》を覚えつつ、エミリアは緊張しながら手を握り返していた。

――契約を交わした後。エミリアは、胃痛の絶えない日々を送ることになった。

最初の課題はダフネの説得である。契約書を完成させた直後、エミリアはダフネの寝かされていた客室に行き――そしてダフネに怒《おこ》られた。

「エミリア様！　あれほど私を捨て置けと言ったのに。お人好しにもほどがあります」

「ご、ごめんね。でも結果的に二人共無事だったんだから、良かったじゃない？」

まったく……と溜息をつくダフネに、エミリアはおそるおそる切り出した。

「ところで、大事な話があるんだけどさ」

「はい」

「私、王弟殿下と契約結婚することにしたよ」

「……はい？」

話を聞くうち、ダフネの鋭い美貌から表情が失せていった。しかし、最終的には唐辛子《とうがらし》よりも赤くなり、「何を考えてるんですか⁉」と再び怒鳴《どな》った。

「でも、すごく好条件なんだよ？　大丈夫、私が素性を隠せば全部うまく行くから」

「あなたは隠すとか企《たくら》むとかができない人でしょう⁉　絶対すぐにやらかします」

ダフネはベッドから身を起こし、身支度を始めようとした。

「今すぐここを去りますよ、祖国に送還されたら水の泡《あわ》だ。あなたも逃亡の準備を……」

エミリアはダフネをベッドに押し戻し、声をひそめて真剣な顔で言った。

「大ケガしてるのに、無茶を言わないで。……本当なら、今すぐダフネに回復魔法をかけてあげたいの。でもダメでしょう？　目立つことは、避《さ》けるべきだもの」

魔法を使える者は全人口の二割程度しかおらず、回復魔法となるとさらに少ない。回復魔法の使い手は〝回復魔法士〟と呼ばれ、人口の数パーセント程度だ。貴重な人材だから、貴族・平民を問わず神殿や騎士団などでの好待遇《たいぐう》が約束される。つまり回復魔法が使えるというだけで、それなりに目立つ存在になってしまう。

「悪目立ちしたり事を荒立《あらだ》てたりするより、普通の女性としてディオン殿下のもとで暮らすのが安全だと思う。それでももし私が失敗したら、ダフネだけで逃げてよ。……ともかく今はしっかり休んで。本当は今も、竜毒で体が辛《つら》いんでしょう？」

「…………………………くそっ」

ダフネはベッドを殴りつけて悪態をついてから、布団《ふとん》をひっかぶってしまった。不機嫌《ふきげん》極《きわ》まりないダフネのことを、エミリアは数日かけて説得したのだった。

——次に冷や冷やしたのは、王弟の結婚に猛《もう》反発する貴族達の存在だった。

エミリアと契約した直後、ディオンは王都に伝令を送って『平民女性と結婚したい』と実姉《じっし》・ヴィオラーテ女王に伝えた。意外にも女王からはすんなりと承認が得られたのだが、貴族の中には異を唱える者も多かった。

中にはヴァラハ領の領主邸まで押しかけて、直接ディオンに文句を言いに来る貴族までいた——とくに面倒臭《めんどうくさ》かったのは、グスタフ・グスマン侯爵《こうしゃく》という人物である。

「ディオン殿下！　なぜ平民なんぞを妃になさるのですか⁉　殿下には我が娘こそが相応しいと、常々申し出ておりましたのに……それをさんざん無視した挙句、まさか平民などと。正気の沙汰《さた》とは思えませんぞ⁉」

　今、応接室でディオンがグスマン侯爵に応対している。エミリアは「同席不要だから屋敷で自由にしてくれ」と言われていたので、廊下《ろうか》で聞き耳を立てることにした。

「私の結婚については、女王陛下が承認済みだ。卿《けい》に口を挟まれる筋合いはない」

　というディオンの声音《こわね》は理知的で、エミリアと話すときの砕《くだ》けた口調とは大違いだ。どうやらディオンは、頭の切《き》り替えが上手い人らしい。

「しかし殿下！　我がグスマン侯爵家がディオン殿下の後《うし》ろ盾《だて》となり、殿下の王位継承にお力添《ちからぞ》えをしたいと申しておりましたのに！」

「グスマン卿。私は王位を望まないと、幾度も伝えてきたではないか。次期王位に相応しいのは第一王子のセリオ殿下、もしくは第二王子のヴィオ殿下だ」

「し、しかし！　王子殿下方はまだ三歳。法の定めで十歳までは立太子できないのですぞ⁉」

「勿論知っている。私は辺境たるヴァラハ領を守り、王家を陰ながら支えていく所存だ」

　立ち聞きしているうちに、エミリアにも話の筋が見えてきた。

（なるほど……。殿下が契約結婚したがる理由がなんとなく分かったわ。殿下は王位から遠ざかりたいみたいね。期間が七年なのは、たぶん王子の年齢を考慮《こうりょ》してるんだわ）

　都合の良い女と結婚したいと言っていたのはおそらく、後ろ盾や権力基盤《きばん》のない女性がいいということなのだろう。貴族の女性と結婚すれば、その家門との結びつきが強くなる。下位貴族を選んだとしても、どこかしらの派閥《はばつ》につながるだろう。だから〝平民との結婚〟という醜聞《スキャンダル》を起こして、王位には関わらないと意思表明をしたいのかもしれない。

「それに、我が妻となるメアリは平民ながらも聡明《そうめい》で美しい女性だ。卿の令嬢《れいじょう》に劣る点など一つもないし、我が部下の息女でもあるから、出自は決して卑しくない」

「ぐっぐぬぬ」

「話は終わりだ。引き取りたまえ、グスマン卿」

「し、失礼いたしました……」

聞き耳を立てていたエミリアは、急いで応接室から遠ざかった。悔しがりながら退出するグスマン侯爵の背中を物陰《ものかげ》から見送りつつ、溜息をつく。

(それにしても、私が〝ディオン殿下の部下の娘〟だなんて。殿下ったら私の経歴もかなりこだわって捏造してくれたけれど……)

エミリアは、ディオンの部下である〝グレイヴ・ザハット〟の娘という設定になっていた。ザハットは六十過ぎの老人で、頬に大きな刀傷がある。

(まさか密入国のときに居合わせたご老人が、私の〝父親〟になるなんてね……)

ザハットはディオンの腹心で、ヴァラハ駐屯騎士団参謀長《ちゅうとんきしだんさんぼうちょう》という役職を預かっている。平民階級の古参騎士で、気迫《きはく》あふれる彼は老いの影など一切感じさせない人物である。あの武闘派《ぶとうは》老人を父親と思える日は来るのだろうか？　エミリアには、いまいち自信がなかった――。

この契約結婚は身の安全を守るための最適解――そう確信していたエミリアだが、日が経つうちに不安になってきた。人生初の経験ばかりで、緊張が絶えないからだ。一か月後に結婚式《けっこんしき》をするため急ピッチでウェディングドレスを仕立てることとなったが、デザイン選定やら採寸やら、どうしたらいいかよく分からない。一般女性としての生活も、婚姻関係の諸手続きも、何もかもが初体験だ。ディオンや屋敷の使用人達が手伝ってくれたものの、やりとりの中でうっかりボロを出さないかと、気が気ではなかった。

そうこうするうち、結婚式の日がやってきた。

式場はヴァラハ領内の小さな神殿だ。豪奢なウェディングドレスを纏ったエミリアは、控室《ひかえしつ》でぐったりとしていた。

ノックと共に〝父親〟役のグレイヴ・ザハットが入室してくる。

「我が娘メアリよ。開式の時間だ。参るぞ」

「は……はい、お父様」

自分の娘に〝我が娘〟って呼びかける父親なんていないんじゃない？　などと思いつつ、エミリアはザハットに付き従って礼拝堂へと向かう。

パイプオルガンの音色と共に、結婚式は始まった。

エミリアはザハットの腕に手を添《そ》えて、礼拝堂の最奥《さいおう》で待つ正礼装のディオンのもとへと歩いていった。ザハットはディオンに彼女の手を取らせ、一礼して参列席へと下がる。

参列席にはザハットのほかに、宮廷《きゅうてい》政務官が一名だけ。この宮廷政務官は、女王ヴィオラーテの名代《みょうだい》なのだという。

「新郎《しんろう》ディオン＝ファルサス・ログルムント。貴方《あなた》はこの女性をいつ如何《いか》なるときも愛し敬い、慈《いつく》しむことを誓《ちか》いますか」

神官の問いかけにディオンが「誓います」と答えるのを聞きながら、エミリアはぼんやりしていた。

（……契約結婚とはいえ、まさか私が結婚するとはね。現実味が湧かないわ）

密入国した先で偽装《ぎそう》結婚とは、どこまでも滑稽だ。滑稽すぎて、笑う余裕すらない。

「新婦メアリ・ザハット。貴女《あなた》はこの男性をいつ如何なるときも愛し敬い、慈しむことを誓いますか」

嘘《うそ》をつく後ろめたさを感じつつ、「誓います」と答えた。どこか他人事《ひとごと》のような気分で、エミリアは結婚式を眺めていた。しかし、

「それでは誓いの口づけを」

口づけを。と言われた瞬間、風船がぱちんと弾《はじ》けたように意識が覚醒《かくせい》した。

（く、口づけ？）

結婚式なら当たり前だ。だが、エミリアはひどくうろたえていた。

（全然思い至らなかったわ！　そんな恥《は》ずかしいこと。まさかやりませんよね、殿下⁉）

同意を求めようとして、エミリアは彼を見た。ところが彼は真剣な顔をしている。端整《たんせい》な顔立ちに慈しみの色を乗せ、優しい手つきでエミリアのヴェールを持ち上げる。

（いや、いやいやいやいやいや。……殿下、待っ）

後ずさりかけたエミリアの腰《こし》を引き寄せて、ディオンはそっと唇《くちびる》を重ねた。エミリアは林檎《りんご》のように頬を染め、ドレス姿に似つかわしくないほど慌てふためく。

「……俺の花嫁《はなよめ》は初心《うぶ》すぎる」

ディオンは苦笑していた。エミリアが赤い顔で呆然としているうちにも結婚式は進行し、エミリアが我に返ったのは挙式を終えて控室に戻ってからのことだった。

「お疲れ様、メアリ。疲れているところ悪いが、一か所だけ挨拶《あいさつ》回りに付き合ってもらいたいんだが」

「あぁ……そうでしたね。はい、ご一緒します」

挙式後に訪ねたい場所があるから同行してくれ、と事前に言われていた。愛妃を演じる契約だから、勿論異論はない。

ディオンは爽《さわ》やかに笑うと、いきなりエミリアを抱き上げた。

「殿下⁉　何してるんですか！」

彼は「挨拶回りだよ」と答えながら軽々とエミリアを抱いて、神殿の外に出た。そこにはザハットが待ち構えていて、鞍《くら》をつけた馬を控えて敬礼している。

ディオンはエミリアを鞍に横座《よこずわ》りさせると、自身もひらりと騎乗《きじょう》した。

「我が娘よ、ディオン様に心を込めてお仕えせよ。族長殿に非礼無きようにな」

族長？　と問い返す前に、馬が歩き出した。重たいドレス姿での騎乗に馴《な》れずふらつきかけたエミリアを、ディオンがしっかり抱いている。

「殿下！　族長って……？　挨拶回りって、一体どこに行くんです？」

「砂漠だよ。砂の民の族長が、俺の花嫁を見たいと言っているんだ」

ええ⁉　と叫ぶエミリアを支えながら、ディオンは意気揚々《いきようよう》と馬を走らせていた。

――そして向かったのが、竜の砂嚢《キサド・ドラグネ》と呼ばれる巨大砂漠の西端《せいたん》付近。

豪奢なウェディングドレスの新婦と正礼装の新郎が騎乗している姿は、砂漠にはあまりにも不似合いであった。砂漠に入るとラクダに乗った砂の民の戦士達が出迎《でむか》えてきて、彼らと共に一時間ほど馬を駆《か》ると天幕住居の群れが見えてきた。ディオンが先に馬を下り、エミリアを抱き上げて運んだ。

「ドレスじゃあ砂の上は歩けないだろう。不便をかけて済まないな」

「いえ……」

天幕から顔を出し、褐色の肌をした老若男女《ろうにゃくなんにょ》が親し気にディオンに話しかけてくる。

「よぉ、兄弟。そのお嬢さんがお前さんの花嫁か？」

「亜麻色の髪の人間なんて、初めて見たわ。きれいだねぇ」

ディオンは歩みを進めつつ、彼らと会話を楽しんでいた。エミリアに耳打ちをする。

「……な？　明るい奴《やつ》らだろ」

戸惑いがちにうなずくと、ディオンは白い歯を見せて笑った。天幕の群れの最奥にある大きな天幕の入り口の前に立つと、ディオンはエミリアを下ろし、一緒に天幕の中に入る。

「族長。邪魔《じゃま》するぞ」

天幕には、背中の曲がった小柄《こがら》な老婆《ろうば》が一人。座ったまま、こちらに首を向ける。

「約束通り、俺の嫁《よめ》を連れてきた」

「分かるよ。嗅《か》ぎ取ったことのない気配を感じていたから」

けひゃひゃひゃ。という独特な笑い方をするこの老婆は、視力を失っているようだ。瞼《まぶた》を閉じたまま、しかし視《み》えているかのようにエミリアに顔を向けている。

「族長のゼカ殿だ。砂の民は結婚すると、自分の部族の族長から祝福を授《さず》かる。俺が結婚すると話したら、ゼカ殿が祝福をしたいと言ってくれた」

「こっちにお座り。お嬢さん」

はい……。と気後《きおく》れしつつ、エミリアは丁寧《ていねい》な礼をしてから対面に座した。

「お前達に祝福を授けよう。互《たが》いを補い深く交わり、真の番《つがい》となるように」

耳慣れない言語で祈祷《きとう》をしてくれたあと、族長は皺《しわ》だらけの瞼をゆっくり開いた。瞼の下から覗《のぞ》いた族長の目は、七つの色が交じり合う虹《にじ》の色をしている。

エミリアは思わず顔を引きつらせる。

(虹色の目⁉ それって、竜化病患者《かんじゃ》の特徴だわ！ でもこの族長は患者には見えない……ということは、この人は竜人《ドラゴニュート》なの？)

偽聖女《みこ》として培《つちか》った知識が、頭の中で渦《うず》を巻く。エミリアが混乱していると、その混乱さえ見越したように族長はにやりと笑った。

「おや。お嬢さんは竜を鎮める乙女かい？」

言われた瞬間、エミリアの心臓が跳ねた。しかし平静を装って、首をかしげてみせる。

(〝竜を鎮《しず》める乙女《おとめ》〟って……古語で〝聖女〟の別名だわ。この人、私が聖女の力を持っているのを見抜《みぬ》いているの⁉)

興味深そうな顔をして、族長はエミリアをじっくりと覗き込んでくる。

逃げ出したい――エミリアがきつく目を閉じると、ディオンが静かな声を投じた。

「族長、嫁が怖《こわ》がっているからやめてくれ」

「そうかい？ つまらないねぇ」

けひゃひゃ、と族長は笑っている。

「祝福は済んだから、帰っていいよ」

「ああ、また来るよ」

エミリアの手を取って立ち上がろうとしたディオンに、族長がゆったりと笑いかける。

「ディオン、お前さんのおかげで王国ともいい関係を築けそうだ。だから嫁のことも、勿論我々は歓迎《かんげい》するさ。困りごとがあれば我々を頼《たよ》るといい」

「ありがとう。今後共よろしく」

大きな笑顔で握手を交わす彼らを、エミリアはじっと見つめていた。

天幕を去り、エミリア達はヴァラハ領の領都へと戻る。行きと同じように砂の民に護衛されながら、彼らを乗せた馬は進んだ。

「疲れただろう？　先にもっと詳しく話しておけば良かったな。悪かった」

いいえ、とエミリアは首を振る。それから、疑問を口にしてみた。

「……殿下。ログルムント王国は昔から、砂の民と仲が良かったのですか？」

「ん？」

「レギト聖皇国では、砂の民は巨大砂漠を根城にする〝蛮族〟だと恐《おそ》れられています。砂の民と魔獣が危険だから、竜の砂嚢《キサド・ドラグネ》を越えることはできないのだと。……この砂漠の遥《はる》か彼方《かなた》の、大陸中央には法王猊下の住まう都があるのでしょう？」

「ああ。だが砂漠を越えて法王領に行けるのは、特別な魔法壁《まほうへき》で守られた交易路の使用権を、法王に与えられている聖皇国の皇家だけ——だからまぁ、俺達には無関係かな」

世間話のように、ディオンは続けた。

「砂の民と仲良くなったのは、この一、二年のことだよ。俺がヴァラハ領の領主を任されるようになった後だ。昔はかなり険悪で、騎士団との衝突《しょうとつ》が日常茶飯事《にちじょうさはんじ》だったらしい」

「じゃあ、どうして今はこんなに仲良しなんですか？」

「俺が砂の民に接触《せっしょく》してみたんだ。話せば分かる良い奴らだよ。王家直轄領ヴァラハは緑地帯と砂漠がほぼ半々だが、砂漠周辺に湧く魔物《まもの》と戦うときは騎士団よりも砂の民のほうが強い。それに砂の民も、王国の文化に魅力《みりょく》を感じている。協力して生きるほうが、お互いにメリットが多いと思ったんだ」

思いがけずディオンの良い一面を知って、エミリアは感心していた。

「しかも俺にとって砂漠は、好きなだけ暴れられる運動場みたいなものだからな！　砂漠の魔物はかなり強いし、狩れば狩るほど皆に感謝されるしで良いこと尽《ず》くめだ！」

「運動場って……殿下。危険な場所をそんな、遊び感覚で」

「どうにも血が疼《うず》くんだ。体の中に竜がいて、疼いてるような感覚がする――というかこの大陸の人間は皆、血に〝竜〟を宿してると聞いたことがあるぞ？　たまに思いきり暴れると、自分の中の竜が鎮まるような気がする」

竜が鎮まる。何気なく言ったであろうディオンの言葉に、エミリアは困惑していた。砂の民の族長に言われた言葉を、ふと思い出す。

──『おや。お嬢さんは竜を鎮める乙女かい？』

エミリアはちらりとディオンを振り返った。彼は前方を見つめている。

（〝竜を鎮める乙女〟は古語だから、殿下はなんとも思わなかったみたいだけれど……族長は私に聖女の力があると見抜いていたみたい。……嫌だな、誰にもバレたくないのに）

「どうした？　深刻な顔して」

「なんでもありません」

会話を重ねているうちに馬は砂漠を抜け、領都へと戻ってきていた。

エミリアとディオンが領主邸に戻った頃には、日はとっぷりと暮れていた。

メイド達の手伝いで、ウェディングドレスからルームドレスに着替えた。手際の良さに圧倒《あっとう》されているうちに、食事を出されたり浴室で体を磨《みが》かれ香油《こうゆ》を刷り込まれたり。気づけばほんのり湯気の上った状態で、薄紅色《うすべにいろ》の夜着を着せられていた。そのまま、夫婦の共寝室《きょうしんしつ》へと通される──この部屋に来るのは初めてだった。ディオンはまだ来ていない。

居心地《いごこち》が悪くてそわそわしながら、エミリアはベッドに腰を下ろしてみた。

（きっと新婚《しんこん》初夜の新妻はこんな感じで夫を待つのよね。まぁ私達は白い結婚だけど）

ディオンいわく「契約結婚だと漏洩《ろうえい》させないため、使用人達の前でも本物の夫婦を演じたい」のだそうだ。だから今後も、共寝室で一緒に寝起《ねお》きしたいと言っていた。

(深く考えずに了承《りょうしょう》しちゃったけど、寝室は別々のほうが良かったな。私、寝相《ねぞう》悪いんだよね。親方もおかみさんも『エミリアは寝相悪すぎだ』っていつも笑ってたなぁ)

などと呑気《のんき》に考えていたが、寝相よりも重大な問題があることに今さら気づいた——男女が同室で毎晩寝泊《ねと》まりするなんて、どう考えても危なっかしい。エミリアの愛らしい顔から、さぁ……と一気に血の気が引いた。

(……殿下は白い結婚ってちゃんと契約書に書いてくれたし、大丈夫だよね？　でも、あの破天荒《はてんこう》な性格だと約束を無視しかねないかも)

しかし青ざめたのも束《つか》の間、挙式のキスを思い出して林檎のように赤くなる。

(ど、どうしよう、気まずい……逃げたいっ!!)

エミリアが腰を浮かせてあわあわしていると、部屋の扉からノックの音が響いた。

「はぅっ」

黒のナイトガウンを纏ったディオンが、くつくつ笑って入室してくる。

「君、今噛んだろ。『はぅ』って」

「噛んでません。ちゃんと『はい』って言いました」

「声がうわずってる」

海色の瞳を柔《やわ》らかく細めて、ディオンはエミリアを見ていた。一方のエミリアはヘビに睨まれたカエルのように縮こまり、うろうろと視線をさまよわせている。

「怖がらなくて大丈夫だ。あらためて言っておくが、俺が君を愛することはない」

やたらと明るい口調で彼はそう告げていた――エミリアを安心させようという意図が、声色《こわいろ》で分かる。不安を見透かされていると知り、エミリアは悔しくなった。深呼吸をしてベッドに座り直すと、エミリアは気丈な態度でうなずいてみせた。

「あら、殿下がお約束を守ってくださるようで安心しましたわ。あなたは私を愛さないし、私もあなたを愛さない。それが、あなたを雇う条件ですものね」

私を舐めないで頂戴！　――という気持ちを込めて睨んでみたが、身体《からだ》が勝手に震えてしまった。

「ビクビクするなよ。そんなに俺のことが怖いのか？」

「べ、別に怖がってなんか」

「俺は〝用心棒〟として、君に雇われることになった。そして雇用の報酬は、金銭ではなく君自身だ。君には、俺の契約上の妻になってもらう――つまり、俺が求めたときだけは〝王弟ディオンの愛妃〟として振る舞《ふま》ってほしい。それ以外の時間は君の自由だし、勿論身の安全はこの俺が保障する。そして、君の過去や素性は一切詮索しない。それが契約書の内容だろう？　何か不足はあったか？」

ありません。とエミリアが答えると、ディオンはベッドに上がり込んできた。

「ちょっと、殿下……！」

「別に取って喰ったりしねえよ。ベッド半分貸してくれ、俺は眠い」
二、三の会話を続けたのちに、ディオンはエミリアに背を向けて瞼を閉じた。
「俺は君を愛さない。だから、安心してお休み」

寝息《ねいき》を立て始めたディオンと最大限の距離《きょり》を取り、エミリアはベッドの隅《すみ》で頭を抱えた。

(ただ普通の女の子として、この国でひっそり生きられればそれで良かったのに！　どうしてこんなことになっちゃったんだろう)

最適解のつもりで王弟と結婚したけれど、選択《せんたく》を間違《まちが》えてしまったのかもしれない……。

この絶望感は、投獄されたときに味わったのとよく似ている。

(私ってば、なんでいつも間違えちゃうんだろう。偽聖女として利用されてたときだってそう。身の危険を感じて、さっさと逃げ出すべきだったのに)

苦しむ人々を助けたくて、逃げずに聖女の仕事を続けていたつもりだった——でも、そのこと自体が自己満足だったのかもしれない。だって、自分はニセモノなのだから。

(私が消えても、誰も困らなかったのかも。本物の聖女カサンドラ様がいた訳だし……むしろカサンドラ様が聖女をするのが、本来あるべき形だもの)

私は独りよがりな、要らない子……。きつく閉じた目から、じんわり涙が滲んでくる。

だが、そのとき。あの少年の美しい声が、不意に胸の中で響いた。

『——ありがとう。私を救ってくれて本当にありがとう、エミリア』

エミリアは、ハッとして目を開けた。あの優しい少年の姿が、脳裏《のうり》によみがえる。

（…………ルカ）

彼と出会ったのは、七年も前のことだ。繊細《せんさい》そうで優しくて、艶《あで》やかな黒髪が綺麗《きれい》なルカ。エミリアが、初めて自分一人で癒した〝竜化病〟の患者だった。

（ルカは、私にありがとうって言ってくれた。すごく……嬉しかった）

ルカだけではなく親方も鉱山街の皆も、これまで出会った多くの人々が心からの感謝を伝えてくれた。自分は非公認の〝偽聖女〟だったけれど、それでもこの手で沢山の人を救ってきた。……だから積み重ねた日々にも自分自身にも、きっと意義はある。

ベッドにうずくまっていたエミリアは、がばっと起き上がり、拳を握りしめた。

（そうよ、エミリア！　何を弱気になってるの？　選んだことが正しかったかなんて、先になるまで分からないわ。だったら、全力で突き進《すす》むの。目立たず生きて、聖女の力がバレなければいいだけだもの。大丈夫、きっと大丈夫）

小さい声で「よーし、頑張れ、私！」と呟くと、エミリアはベッドに寝転《ねころ》んだ。

（ルカ、ありがとう。あなたのことを想い出したら、元気が出てきた。……私、ルカの国に来たんだよ？　ルカも今、元気にやってる？）

心の中で、何度も『ルカ』と呼んでみる。胸がぽかぽか温かくなってきた。遠い昔に出会った友人《ルカ》の姿を脳裏に浮かべ、エミリアは穏《おだ》やかな眠りに落ちていった。

——初夜の晩。

(俺はエミリアを知っている。彼女は俺を忘れてるようだが、俺は絶対忘れない)

エミリアに背を向けて寝たフリをしながら、ディオンは思いを巡らせていた。瞼を閉じて寝息を立てているものの、実は少しも眠くない。ベッドの片隅《かたすみ》でもぞもぞしているエミリアの気配を感じながら、ディオンは考え事を続けていた。

(まさか砂漠で再会するとは思わなかった。確かに昔『密入国でもなんでもいいから俺の国に逃げて来い』とは言ったが。本当に密入国してくるとはな……)

相変わらず想定外な女だなぁ、と呆《あき》れていたらつい顔がにやけてきた。寝たフリがバレないようにと、ディオンは笑みを噛み殺《ころ》す。

(エミリアは、七年前と変わらないな。……ガキっぽさが抜けて美人になっているが)

砂漠で再会したとき、エミリアが自分を覚えていないのだと態度で察した。だからディオンは、初対面として振る舞うことに決めたのだ。

(彼女はこれまで何千何万という人を救ってきたはずだ。俺を覚えてないのも当然か)

偽名を名乗られたときは、「いやエミリアだろ!」と突っ込みたくなったが我慢《がまん》した。

(今後も、うっかり本名で呼ばないように気をつけないとな……)

気を引き締めながら、ディオンは寝たフリを続ける。

（俺はずっとエミリアに会いたかった。エミリアは、俺の恩人だから……）

十三歳のとき、ディオンは〝竜化病〟を発症《はっしょう》した。竜化病はこの大陸の風土病で、聖女に癒してもらう他には治療法のない特殊な病気だ。

竜化病の発症者数は一カ国辺り年間百人前後と少数で、人数で言えば感染症《かんせんしょう》や飢饉《ききん》のほうが深刻だ——だが竜化病はその特殊性から、人々に忌《い》み嫌《きら》われる奇病《きびょう》である。

竜化病は脳の病気だと言われており、発症すると正気を失う。体内に眠る魔力が暴走して、荒《あら》ぶる竜のごとく周囲に襲いかかる。普段の自分が魔法を使えるか否《いな》かにかかわらず、発症者は魔法を暴発させながら周りの人間を攻撃するのだ。

発症した瞬間、ディオンは闇《やみ》に引きずり込まれた。

——息が苦しい。身体が熱い。何もかも分からなくなり、頭の中がぐちゃぐちゃで。四肢《しし》が引き千切れそうなほどに痛く、自分が壊《こわ》れていく音が聞こえた。

どれほどの期間、闇に飲まれていたのだろう？

不意に柔らかい光に包まれ、優しい声が耳に届いた。目を開けたディオンは、純白の法衣を纏った少女が自分の手を握っていることに気づいた。十歳を少し過ぎたくらいの、幼い少女だ。

「苦しかったでしょう。でも、もう大丈夫。心配はいりません」

「…………ここは、どこだ」

口がカサカサで上手く声が出ず、混乱しながら周囲を見回した。磨き抜かれた大理石を切り出して作ったような小部屋に、自分と少女は二人きりだった。

ここはログルムントの隣国、レギト聖皇国の主神殿内にある〝鎮めの間〟という儀式用の部屋なのだと少女は教えてくれた。ディオンは数か月前に竜化病を発症し、この国へ移送されて〝聖女カサンドラ〟を名乗るこの少女に救い出されたのだという。

「竜化病⁉ そんな、まさか……」

絶望だった。竜化病患者は、しばしば蔑視《べっし》の対象となるからだ。卑しい者や出来損《できそこ》ないだけが罹《かか》るといわれており、治癒《ちゆ》後も〝危険な害獣《がいじゅう》〟などと恐れられてしまう。

両親もこんな自分を見放すに違いない——。体の震えが止まらなくなった。

取り乱すディオンに、聖女カサンドラは優しく寄《よ》り添ってくれた。薄絹《うすぎぬ》のヴェール越《ご》しに輝く木漏《こも》れ日《び》のような笑顔を見つめているうちに、気持ちが落ち着いてきた。そしてふと、疑問を感じた。

(この子は……本当にあのカサンドラなのか?)

彼は、本物のカサンドラと面識があったのだ。大陸西部の各国には、レギト聖皇国への宗教的忠誠を表明するために二年に一度レギト聖皇国を訪問するという習わしがある。その際のメンバーとして、ディオンも幾度か皇女カサンドラに謁見していた。

(前に会ったカサンドラとは全然違う。彼女はもっと高慢《こうまん》で、粘着質《ねんちゃくしつ》な性格だった……)

舞踏会《ぶとうかい》で会ったときのカサンドラは、ともかく偉《えら》そうな少女だった。しかもどういう嫌がらせなのか「あなたを婿《むこ》にしてあげても良くてよ？」と何度も迫られ、作り笑いで受け流すのも一苦労だった。たとえ将来誰かと政略結婚するとしても、カサンドラだけは御免《ごめん》だ。と、ディオンはそのとき強く思ったのだが……。

(二重人格なのか？　雰囲気《ふんいき》が違いすぎる)

ヴェールの向こうにある顔は、確かにカサンドラのように見える。上等なワインのような赤髪も、まさにカサンドラの色だ。……だが、何か違和感が。

ディオンはその後、やや強引なやり方で彼女がカサンドラではないと暴いてしまった。そしてエミリアに泣かれてしまい、罪悪感を覚えた。

「わ、悪かった。その……悪気はなかったんだ、ごめん。だから……」

「お願いだから、私がニセモノなのは内緒《ないしょ》にして!!　カサンドラ様のためなの！」

「……カサンドラのため？　どういうことだ？」

混乱しきっていたせいか、彼女はいろいろと教えてくれた。自分がエミリアという名前であり、カサンドラの変装をして聖女の仕事をしていること。本物のカサンドラは忙しくて聖女の仕事をする時間がないから、エミリアが代役を務めていること。

「なんて理不尽な……！　君はレギト皇家に搾取《さくしゅ》されているのか!?」

ディオンは顔色を変えたが、一方のエミリアは不思議そうに首をかしげている。

「今すぐ逃げたほうが良い！　この国が君を虐《しいた》げるのなら、ログルムントに逃げるんだ。正規の出国ができないなら、密入国でもなんでもいい。ともかく逃げ——」

「ちょ、ちょっと待って。逃げるって、私が……？　どうして？」

エミリアは純粋《じゅんすい》な子で、自分が搾取されているとは思っていないようだった。多忙な皇女のメンツを立てるため、善意で手伝っているという認識《にんしき》らしい。

ディオンの目には、エミリアが騙されているようにしか見えなかったが……。

「私、変装したままでも大丈夫だよ。大切なのは私が顔を出すことじゃなくて、皆が元気で幸せになることだから」

「……本気で言っているのか？」

「うん、すごく本気。だから私、聖女の力を持って生まれて本当に良かった」


——七年前のあの日。エミリアは、笑顔でそう言っていた。

(……なのに、どうして今さら逃げ出してきたんだろうな)

ベッドに寝転びながら、ディオンは思いを巡らせていた。

(いや、詮索はやめよう。過去も素性も、一切探《さぐ》らない約束だからな。細かいことはどうでもいいし、エミリアが困っているなら俺が助けてやればいいんだ。……契約結婚に漕《こ》ぎつけたのは、悪くない判断だったんじゃないか？）

　ディオンは王位継承に口出しする厄介《やっかい》な貴族連中を一蹴《いっしゅう》できるし、エミリアは自由と安全が手に入るのだから、お互いにメリットだらけなのではないだろうか？

　ディオンにとってのエミリアはかけがえのない恩人で、そして初恋《はつこい》の少女だ。寝室のベッドに二人きり。腕を伸《の》ばせば触《ふ》れられる距離にエミリアがいる。

　だが、触れはしない──彼女はディオンを警戒しているし、触れられるのを望まないからだ。

（俺はエミリアを愛さない。愛さないことで君が安心できるなら、今後も君を怖がらせるようなことはしない。……だが、一緒に過ごすくらいはいいだろ？　俺はもっと君といたい。ずっとずっと見ていたいんだ）

　背中を向けて目をつむっていても、彼女の様子をなんとなく察することができた。「むう……」と呻《うめ》いたり、溜息をついてモゾモゾしたり──どうやら緊張しているらしい。

（エミリア。挙動が小動物みたいで可愛いな）

　すると、なぜか彼女が突然《とつぜん》むくりと起き上がった。「よーし、頑張れ、私！」と小さく呟いてから、勢いよくベッドに突っ伏した。

（おいおい、なんだ？　なんの気合いだよ、それ……）

　ぷはっと吹《ふ》き出しそうになるディオンだったが、頑張って寝たフリを貫《つらぬ》く。

やがてエミリアの寝息が聞こえてきた。すぅ、すぅ、という小さな寝息が愛らしい。

（やっと寝たか。本当に面白い奴だなぁ。………そろそろ、俺も寝るか）

ディオンはとても幸せな気持ちに満たされて、静かに息を吐いた。

初夜の晩は、こうして穏やかに過ぎていった。


（……あぁ、もう！　忙しくて嫌になるわ！　何もかもエミリアのせいよ‼）

神殿にいた聖女カサンドラは、いらだちを隠せずにいた。聖女の〝癒し〟を求めて神殿を訪れる巡礼者が後を絶たず、まったく休めないからだ。

エミリアが脱獄した翌日から張り切って神殿で働き始めたカサンドラだったが、二週間足らずで早くも疲労困憊《ひろうこんぱい》である。

（わたくしが神殿に出向くようになったから、レイスへの説明には辻褄《つじつま》が合って良かった。十年ぶりの〝癒し〟の聖務も、問題なくこなせている……やっぱりわたくしの才能は本物ね。……それにしても、いくらなんでも巡礼者が多すぎるんじゃない⁉）

〝癒し〟とは、回復魔法の施術《しじゅつ》である。癒しは聖女だけでなく国内各地の神殿で神官達も行っているのだが、多くの巡礼者は聖女による癒しを求めて皇都の中央神殿へとやってくる。ただの神官より聖女の方が回復効果が高いし、しかも聖女《エミリア》カサンドラがこれまで快く巡礼者達を受け入れ続けてきたからだ。本物のカサンドラが神殿で働くようになってからも、巡礼者達はこれまで通り神殿前に長蛇《ちょうだ》の列を作り続けていた。

(エミリアが昼寝しなければ、わたくしはこれまで通りに暮らせたのに！　忌々《いまいま》しい)

午前の仕事を終えて休憩時間に入ると、カサンドラは周囲の神官達に当たり散らした。

「お前達も少しは働いたらどうなのですか⁉　なぜわたくしばかりが働かされているの？　皇女が国民に奉仕《ほうし》するなんて、どう考えても異常ではなくて⁉」

神官達は、ぎょっとした顔でカサンドラを見つめた。

「どうなさったのです、カサンドラ様？　私共は今まで通り働いているつもりですが」

「カサンドラ様が癒しをスムーズに行えるよう、巡礼者達の整列整理をしたりなど……」

「そんな雑用ではなくて、お前達が巡礼者達を癒せと言っているの！　聖女一人《わたくし》に激務を押し付けるなんて……神官の癖《くせ》に、お前達はなんて怠惰《たいだ》なの？」

暴言を浴びせられ、神官達は絶句していた。現場の神官達は、聖女が替え玉だったことを知らない。だから先日の〝偽聖女投獄事件〟以降、彼らは困惑し通しである。

「……これまでのカサンドラ様はむしろ、我々が替わろうとしても聞き入れず、嬉々として巡礼者達を癒し続けておられたではありませんか」

「お黙りなさい！　これまではこれまで、これからはこれからよ！」

これまでのカサンドラとは、あまりにも態度が違いすぎる。暴言を遠巻きに聞いていた神官達は、ヒソヒソ声で囁き合っていた。

「カサンドラ様は、どうしてこんなに性格が歪んでしまわれたのだ？」

「もしや、このカサンドラ様はニセモノなのでは……？」

「とすると、先日投獄された〝ニセモノ〟がむしろ本物だったと……!?」

物陰で彼らがこそこそ話をしていると、壮年《そうねん》の神官長が咳払《せきばら》いをしながら現れた。

「これこれお前達、聖女様に対する非礼な発言は許さんぞ」

白いあご髭《ひげ》を撫《な》でつけながら、神官長は彼らをたしなめるような口調で言った。

「カサンドラ様のご機嫌が悪いのは、心労ゆえに違いない。先日謎の女が現れ、祭事を執り行おうとしていたことはよく覚えておろう？　ご自身の名を騙るニセモノが現れて好き勝手していたら、ショックを受けるのは当然ではないか。心身共に疲弊《ひへい》すれば、誰しも周囲に当たり散らしたくなる」

「た、確かに……」

「さぁ、理解できたらさっさと仕事に戻れ。カサンドラ様はお疲れだから、今日は代わりにお前達が巡礼者の癒しを行うのだ」

「しかし、巡礼者達は納得するでしょうか？」

「納得させるのもお前達の仕事だ。さぁ、行け」

神官達が困惑気味に部屋を出ていくと、神官長は声をひそめてカサンドラに話しかけた。

「皇女殿下、これまで通りに働いていただかないと、民や神官達が違和感を持ちますぞ」

神殿内では、神官長だけが事の真相を知っている。カサンドラは神官長を睨みつけた。

「……分かっているわ！　数年ぶりの聖女の仕事だから、少し疲れただけです。あの下賤《げせん》な平民女にできて、皇族のわたくしにできないはずがないでしょう？」

「勿論ですとも、私は皇女殿下を信じております。本日の癒しは神官達にやらせますから、ひとまずお休みくださいませ」

「はぁ。やっと皇城に戻れるのね……」

溜息をついて立ち上がろうとしたカサンドラを、神官長が引き留める。

「いえいえ。少し休憩してから、今日は重要なお仕事をしていただきます。〝癒し〟は神官達にも可能ですが、もう一つの聖務は聖女にしかできませんので」

「もう一つの聖務？」

「〝竜鎮め〟でございます。久々に竜化病患者が発生し、主神殿へ届けられまして」

──竜鎮め⁉　その言葉を聞いた瞬間、カサンドラはびくりと身をこわばらせた。

（竜鎮めのことをすっかり忘れていたわ。あの恐ろしい儀式を、わたくしが行わなければならないなんて……！）

竜鎮めは、竜化病患者を治療する儀式だ。患者は正気を失っており、破壊衝動《しょうどう》に駆られて襲いかかってくるから非常に危険な仕事である。カサンドラが一人で行ったことはこれまで一度もなく、先輩聖女が行うのを見学しただけだ。

不快な記憶《きおく》から身を守るために記憶が抜け落ちてしまう現象があることが医学的に知られているが、カサンドラの忘却《ぼうきゃく》もその一種だったのか——あるいは単に自分勝手で、自分とは関わりのないことを記憶にとどめておかない性格なのか。いずれにせよ、カサンドラは竜鎮めのことをすっかり忘れていた。

（……父上の言う通り、エミリアを生かしておく価値はあったのかもしれないわ）

竜鎮めだけでも、エミリアにやらせ続ければ良かった……。しかし全ては後の祭りだ。

エミリアが脱走してから、すでに二週間以上経っている。捜索隊《そうさくたい》はまだエミリアを捕縛できていないが、いずれ必ずダフネが彼女を殺すだろう。

（ダフネが帰ってこないということは、エミリアは恐らくまだ生きている……。今からでも「殺さずにエミリアを連れてくるように」と命じ直すことはできないかしら）

一人黙々《もくもく》と考え込んでいると、神官長が声をかけてきた。

「皇女殿下。そろそろ竜鎮めを始めていただけますでしょうか？」

「ひっ……」

醜《みにく》く顔を引きつらせ、カサンドラはうろたえていた。

第二章 ✤ バレてはいけない新婚生活

窓から差した朝日を浴びて、エミリアは目を覚ました。——結婚式《けっこんしき》から、早一週間。なんだかんだで、領主邸《てい》での生活にも少しずつ慣れてきた。

「んー。やっぱり一人寝《ね》は気楽でいいわ！　思い切り寝返《ねがえ》りを打てるし」

ここは夫人《エミリア》専用の寝室《しんしつ》で、隣《となり》にディオンはいない。三日前からディオンは領内視察で領主邸を不在にしており、エミリアはのんびり一人寝を満喫《まんきつ》することができていた。

「ディオン様は今晩には帰ってくるらしいけれど……こまめに不在にしてくれたほうが助かるんだけどな。一緒《いっしょ》に寝るの、緊張《きんちょう》するし」

呟《つぶや》きながら、エミリアは机の引き出しから一粒《ひとつぶ》の宝飾品《ほうしょくひん》を取り出した。

「おはよ。ルカ」

海色の石が嵌《は》まった銀製のイヤリングが、片方だけ。毎朝そのイヤリングに語りかけるのが、昔からの日課である。深い青に淡緑色《たんりょくしょく》のきらめきが混じった海色の石は〝海青石〟といって、ログルムントの特産品だ。『海青石は割れやすい』と書物に書いてあるのを読んで以来、レギト聖皇国《せいこうこく》では自室の机の引き出しに入れて保管していた。隣国《りんごく》に密入国する前、ダフネが引き出しから回収してきてくれたのだった。

海青石の色調はルカの瞳《ひとみ》とそっくりで、とても美しい。

「……そういえば。ディオン様の目も、ルカと同じ色だったわ」

珍《めずら》しい色の目だと思っていたけれど、ログルムントでは多いのかしら？　などと思っていたそのとき。コン、コンというノックの音がした。イヤリングを引き出しに戻《もど》して返事をすると、三人の侍女《じじょ》が入室してきた。「お召《め》し替《か》えのお時間です」と恭《うやうや》しく礼をして、エミリアの身支度《みじたく》を整えてくれる。

（領主邸の皆《みな》さんは、とても親切だわ。私みたいな素性《すじょう》の知れない女が夫人になったら、絶対に意地悪してくると思ってたんだけれど……すごくマナーがいい）

使用人達の丁寧《ていねい》な接遇《せつぐう》には目を瞠《みは》るばかりだ。ディオンが『彼女を丁重《ていちょう》に扱《あつか》うように』と指示してくれたのと、〝父親〟がディオンの腹心だということが影響《えいきょう》しているのかもしれない。何はともあれ、新生活は今のところ順調である。

手際《てぎわ》よく身支度をしてくれた侍女達に、エミリアは笑顔《えがお》で深々と礼をした。

「きれいに整えてくれてありがとうございます」

三人のうちの二人が、笑顔を返してくれた。――しかし。

「奥様。この前も言いましたが、侍女に対して敬語を使うのは不適切でございます」

サラという名の侍女だけは、不満そうに眉《まゆ》をひそめていた。サラの反応を見たエミリアは、――ああ、またやっちゃった。と苦笑《くしょう》する。

「そうだったわね。教えてくれてありがとう、サラ」

「まぁ、平民出身の奥様には不慣れな世界かもしれませんが。領主夫人としての振《ふ》る舞《ま》いを早く身に着けていただかないと、殿下《でんか》のご迷惑《めいわく》になるかと思います」

冷ややかな口調のサラに、他の侍女達は顔色を変えた。

「奥様、申し訳ございません。サラが大変な失礼を……」

「いいのよ。サラの言っていることは正しいわ」

聖女には聖女の、領主夫人には領主夫人の、適切なマナーがある。自分は〝平民出身の領主夫人〟になり切る訳だから、相応《ふさわ》しい振る舞いを身に着ける必要があるだろう。サラの態度も侍女としてはどうかと思うが、それも徐々《じょじょ》に信頼《しんらい》を築いていけば済む話だ。――とエミリアは考えている。

侍女達に導かれて食堂に向かうと、騎士《きし》姿の女性がエミリアに一礼してきた。

「おはようございます。メアリ様」

「おはよう、ダフネ。昨日も言ったけれど、お屋敷《やしき》の中では護衛しなくて平気よ」

「いえ。私はメアリ様の専属護衛という役職をディオン殿下より賜《たまわ》っておりますので」

偽《にせ》聖女時代にはダフネは侍女服が基本だった。しかし、ここでは騎士に徹《てっ》することにしたらしく、ディオンから渡《わた》されたヴァラハ駐屯《ちゅうとん》騎士団《きしだん》の黒い騎士服を纏《まと》っていた。ダフネは下げていた頭をゆっくりと上げ、エミリアのそばに控《ひか》える三人の侍女に一瞥《いちべつ》をくれた。

——ぎん、と射殺すような眼《め》を向けられて、侍女達がすくみ上る。

「ひっ……‼　そ、それでは奥様。お食事がお済みの頃《ころ》にお迎《むか》えに上がります」

怖気《おじけ》づいた様子で、彼女達は逃《に》げ去っていった。

「ちょっとダフネ。何その目つき、怖《こわ》いよ」

「少し牽制《けんせい》しただけです。侍女の一人が、あなたを舐《な》めるような目をしていたので。……メアリ様が快適な人生を送れるように環境《かんきょう》を整えるのも、護衛騎士の役目かと」

「私のため？」

当然のようにうなずいてみせるダフネは、とても力強くて。だけれど、少し不思議だった。

（ダフネはどうして私のことを、こんなに心配してくれるんだろう……？）

朝食を済ませたエミリアは、中庭のガーデンチェアに座って一人のんびりと日向《ひなた》ぼっこをしていた。

うららかな春の日差しの下、今はモーニングティーの時間である。世間一般《いっぱん》の貴婦人はこうやって、午前中に軽いお菓子《かし》と一緒にお茶を嗜《たしな》むものらしい。

ダフネは今も、やや離《はな》れた場所からエミリアの護衛をしている。エミリアは、振り返ってダフネを呼んでみた。

「お呼びですか、メアリ様」

エミリアが紅茶とお菓子を笑顔で指し示すと、ダフネは察したようにうなずいた。

「ああ、毒見ですね。かしこまりました」

「えっ、違《ちが》うよ！　そうじゃなくてさ、……一緒にお茶しよ？」

ダフネは、あからさまに顔をしかめる。

「ありえません。護衛が主人のティータイムに同席するなんて」

「たまにはいいじゃない。せっかくのセカンドライフなんだから」

人懐《ひとなつ》こく笑ってエミリアが誘《さそ》うと、ダフネは溜息《ためいき》をついてから向かいの椅子《いす》に座った。

「……今日だけですよ」

「うん、ありがとう。実はね、昔からちょっと憧《あこが》れてたの。お友達とお茶するの」

「私は友達ではありません」

即答《そくとう》するダフネを、エミリアは笑顔で見つめていた。ダフネは真面目で隙《すき》がなく、十年も一緒にいるのに一度も笑ってくれたことはない——でも、なぜかいつも温かい。

「ねえ。前も聞いたけどさ。どうしてダフネは私を助けてくれたの？」

皇城勤めの侍女であるはずのダフネが、なぜ脱獄《だつごく》させてくれたのだろう？　砂塵竜《さじんりゅう》に襲《おそ》われたときも今も、どうして守ってくれるのだろう？

「…………私自身が、そうすると決めたからです」

ダフネはしかめ面《つら》で紅茶を飲み干した。彼女の返事は答えになっていないけれど……。

「そっか。それなら、二人で一緒に自由になろうね」

「あなたが迂闊《うかつ》なことをやらかさなければ、実現するかもしれませんね」

エミリアは笑った。こんなふうにのんびり話せる日が来るのなら、王弟殿下との契約結《けいやくけっ》婚《こん》は、正しい選択《せんたく》だったに違いない。

——その日の夜、ディオンが視察から戻ってきた。一緒に夕食を囲みながら、彼はエミリアに問いかけてきた。

「メアリ。ここでの暮らしには馴《な》れたか？」

「はい、おかげさまで。こんなにのんびり過ごすのは生まれて初めてで——」

いけない。気が緩《ゆる》んで余計なことを言いそうになった。過去のことを不用意に話せば、偽聖女時代のことまで口がすべってしまうかもしれない……。

「と、ともかく、のんびりゆったり幸せです。ありがとうございます」

「それは良かった。だが屋敷に引《ひ》き篭《こ》もるだけじゃ暇《ひま》だろう？　明日は俺と遊ばないか」

「はい？」

「街に出て、二人でデートしよう。せっかく夫婦《ふうふ》になったんだから」

デート⁉　と目を白黒させるエミリアを見て、ディオンは楽しそうに笑っていた。

――翌朝、玄関《げんかん》ホールにて。

「……ディオン様。本当に行くんですか？　デート」

勿論《もちろん》。と即答するディオンのことを、エミリアは戸惑《とまど》いがちに見つめた。彼はグレーの上下に艶《つや》のある黒のウェストコート。エミリアは薄桃色《うすももいろ》のふんわりとした外出用ドレス。二人そろって完全にデート用の装《よそお》いである。

「似合うよ、メアリ。とても可愛《かわい》い」

気恥《きは》ずかしさに目を泳がせながら、エミリアは混乱していた。

（デート⁉　なぜにデート⁉　……困ったわ、私デートなんて一回もしたことないし。挙動不審《ふしん》すぎて怪《あや》しまれたらどうしよう⁉）

あわあわしているエミリアを、ディオンが屋敷の外へと導く。すでに馬車の準備も済んでいた。なんとかうまい理由をつけて断ろうと、エミリアは必死に頭を巡《めぐ》らせる。

「で、でもディオン様。視察明けでお疲《つか》れでしょう？　お出かけはまた今度で……」

「いや、視察明けはむしろ全力で遊ぶのが俺の流儀《りゅうぎ》だ。付き合ってくれ」

「えぇぇー……」

エミリアを馬車に乗せ、ディオンは後ろを振り返った。騎士服姿で待機していたダフネに、ディオンが歩み寄って爽《さわ》やかな笑《え》みを向ける。

「ダフネ。今日の護衛を頼《たの》む。実際は護衛というより保護者の距離感《きょりかん》で構わない。メアリが何かと不安そうだから、そばにいてやってくれ」

「……御意《ぎょい》」

ディオンが馬車に乗り込むと、馬車は軽《かろ》やかな馬蹄《ばてい》の音を響《ひび》かせて走り出した。

（帰りたい帰りたい帰りたい……ボロが出る前に、早く帰ってお屋敷に篭もりたい！）

冷《ひ》や汗《あせ》だらだらでエミリアがうつむいているうちに、馬車は大きな広場で停《と》まった。ディオンにエスコートされて、エミリアはおずおずと馬車から石畳《いしだたみ》に降り立つ。

「緊張してるのか、メアリ？　治安の悪い場所じゃないから、心配いらないぞ。――ほら、ここは領都の中央街だ」

エミリアはおそるおそる、視線を上げて周囲を見回してみた。道幅《みちはば》の広い通りには大勢の人が行《い》き交《か》い、大小様々な商店が並んでいる。店の外観や街並みにはどこか異国情緒《じょうちょ》があって、エミリアの祖国であるレギト聖皇国とは趣《おもむき》が違った。

ディオンはそっとエミリアの肩を抱《だ》き、ゆっくりと歩き出した。馬から下りていたダフネも、さりげなく離れて二人のあとから付いてくる。

「ディオン様……肩。エスコートとか、恥《は》ずかしいので要《い》りません」

「なんで。夫婦だろ？」

頬《ほお》を染めて気まずそうにしているエミリアを、ディオンは楽しげに見つめた。

エミリアは、デートを切り上げることで頭がいっぱいだ。これまでほとんど神殿《しんでん》と自室を往復するだけの生活だったから、一般人的《いっぱんじんてき》な振る舞い方には自信がない……。

エミリアがあまりに深刻な顔をしていたので、ディオンもさすがに困惑《こんわく》し始めた。

「か、顔が暗いぞメアリ。そんなに嫌《いや》だったのか？　……じゃあ、市場を少し案内するだけにするよ。どこにどんな店があるか分かれば、気晴らしに外出するとき便利だろ？」

ディオンは、エミリアに土地勘《とちかん》を付けさせてくれるつもりだったらしい。彼の気配りを知って、エミリアは少し申し訳なくなった。

「軽く食事をして、君の腹がいっぱいになったらすぐに帰ろう」

大通りから小路《こみち》に入ると、香《こう》ばしい香りが鼻腔《びこう》に飛び込んできた。通り沿いの屋台で売られている肉料理やパンの匂《にお》いだ。あまりに美味《おい》しそうなので、少し緊張感が緩む。

小路を抜《ぬ》けると、色取り取りの食品店街に到着《とうちゃく》した。鮮《あざ》やかにきらめく果実を山積みにした果物屋。見慣れない肉料理が店先を彩《いろど》る軽食屋。甘い香りは焼き菓子の店だ。

「……美味しそうな匂いです」

「ここはヴァラハの台所と呼ばれていてな。美味《うま》いものばかりだから、案内するよ」

エミリアはカサンドラの替え玉だったので、様々な高級料理を堪能《たんのう》する機会はあった。しかし芸術品のような美食よりも、目の前の屋台に並ぶ食べ物のほうが魅力的《みりょくてき》だ。

「メアリ。ほら、これ。食べてみるか？」

いつの間にかディオンの手には、料理の皿が載《の》っていた。香り立つタルト生地《きじ》の上に、乾燥《かんそう》果実のジャムがたっぷり添《そ》えられている。

「そのタルトの果物、珍しいですね」

「このあたりの名産で、デーツっていうんだ。そのまま食べても美味いが、ジャムにしてタルトに載せるともっと美味い。ほら、口開けて」

「はい。……むぐっ？」

ディオンがフォークで切ったタルトを、口の中に運んできた。幸せな甘みが口いっぱいに広がって、エミリアの顔に笑みが咲《さ》き——次の瞬間《しゅんかん》、恥ずかしさでしかめ面になる。

「……もう、ディオン様。何するんですか恥ずかしい」

「いいじゃないか、デートなんだから」

「自分で食べられますよ、ひな鳥じゃないんですから。……でもすごく美味しいです」

あっという間に皿を空にしたエミリアは、「ごちそうさまでした」と頭を下げた。

「それではお屋敷に戻りましょう。お腹《なか》がいっぱいになりました」

「うそつけ。今、物欲《ものほ》しそうな顔で肉の屋台を見てたくせに」

エミリアはうろたえた。確かに、肉の屋台を見ていた——すごく美味しそうだ。

「買ってくる。行列ができてるから、ダフネと一緒にここで待っててくれ」

ディオンは後方に控えるダフネに目配せすると、屋台のほうに歩いていった。

「……ダフネ。デートって緊張するわ。ボロが出ないか心配で心配で」

「お疲れ様です」

エミリアは溜息をつきながら、何気なく市場を見渡《みわた》した。行き交う人も商人も、誰《だれ》も彼もが幸せそうだ。活気があって、良《い》い街みたい……と思っていたエミリアのすぐそばを、十歳《さい》に満たない兄妹《きょうだい》らしき二人がふざけ合いながら走り過ぎていった。――次の瞬間。妹のほうが石畳につまずいて、ずでんと転んだ。泣き出した妹を、兄が助け起こす。

「おい。だいじょうぶかよ、ミーリャ」

「うぇえ～ん……マルクお兄ちゃん……うぅ」

妹は四歳くらいで、膝《ひざ》を抱《かか》えて大泣きしている。エミリアは「大丈夫《だいじょうぶ》!?」と声を上げ、少女に駆《か》け寄《よ》っていた。

「平気だよお姉さん。まったく、転んだくらいでミーリャは大げさだなぁ！」

「ええ～ん！　いたい～！」

「どうせ血が出ただけだろ？　ツバつけとけばすぐ治るって！」

呆《あき》れた顔で、兄が妹の膝を見ている。少女はズボンを履《は》いているから傷の具合は見えないが、激しく転んでいたから血が出ているかもしれない。

（……回復魔法《まほう》、かけてあげたいな）

「ミーリャちゃん、っていうのよね？　傷の具合、お姉さんに見せてくれる？」

うなずくミーリャのズボンの裾《すそ》を、エミリアは傷を確認するような素振《そぶ》りでゆっくり捲《まく》り上《あ》げていった。それと同時に、回復魔法を発動する。頃合いを見て膝までズボンを捲り上げると、擦《す》り傷《きず》一つないきれいな膝小僧《ひざこぞう》が露《あら》わになった。

「あら？　ミーリャちゃん良かったね、全然ケガしてないみたい！」

「え⁉　……あれれ⁉　いたくなくなってる！」

「ほらな。ミーリャは大げさなんだよ。婆《ばあ》ちゃんが待ってるから、早く行くぞ！」

「うん……。ありがと、おねえちゃん」

兄妹が去っていくのを見送っていたエミリアだが、不意に殺気を感じてビクッとした。

「メアリ様？　今、余計なことをしましたね？」

ダフネが、不機嫌《ふきげん》そうに眉をひくつかせてエミリアを見下ろしている。

「ご、ごめんダフネ。……つい」

「つい、ではありません。あなた今、気が緩みましたよね。ほとんど脊髄《せきずい》反射的にやらかしてましたよね？」

「はい……。でも、結果オーライだと……思う。あの子達怪しんでなかったし」

「目立つことは避《さ》けてください。一般人の圧倒的《あっとうてき》多数は、回復魔法など使えません」

回復魔法が使える者はエリートで、存在自体がそれなりに目立つ。

「メアリ様、目立たず生きてください」

串焼《くしや》きを持ったディオンが戻ってきた。

「……はい。気をつけます。ごめんなさい、ダフネ」

二人が気まずい空気になっていると、串焼きを持ったディオンが戻ってきた。

「ん？　なんだ、取り込み中か？」

「いえ、お買い物ありがとうございます、ディオン様！　わあ、美味しそうですねぇ」

明るい空気を取り繕《とつくろ》って、エミリアは串焼きを受け取った。ダフネは渋《しぶ》い顔をしながらエミリアの隣をディオンに譲《ゆず》り、後方へと下がる。

エミリアは「いただきます!!」と元気な声を張り上げて串焼きを頬張《ほおば》った。美味しがっている演技をして、気まずさを誤魔化《ごまか》そう……そんな狙《ねら》いがあったのだが。

「……っ！　美味しい!!」

演技などしなくても、本当に美味しかった。

「気に入ったか？」

「はい！」

「もう一本食べたいか？」

「はい!!」

楽しそうにしているエミリアの姿を見やり、ダフネは小さな溜息をついていた。

ディオンとエミリアの食べ歩きツアーは続いている。――エミリアは、ふと気づいた。

（あれ？　なんか私、楽しんでる……）

活気あふれる市場を進むうちに、いつの間にやら緊張が抜け落ちていた。

食べること自体が、純粋《じゅんすい》に楽しい。それに、行き交う人々の楽しげな様子を見ると心が落ち着く。通行人や店主達は、しばしばディオンに明るく声をかけてきた。

「こんにちは、領主様！」

「こんにちは、殿下！　今日はお休みですか？」

ディオンに向かって、人々はまるで友人に接するような口ぶりで話《はな》しかけていた。

「ディオン様、街の皆さんと随分《ずいぶん》仲良しなんですね」

「かしこまった付き合いが嫌《きら》いなんだよ」

まったくもって、彼は王弟らしくない。今度は、果実屋の老婆《ろうば》が話しかけてきた。

「こんにちは殿下」

「よぉ、ロッサ。お、今日はミーリャとマルクも店を手伝ってるのか？」

老婆の隣には、さっき転んだミーリャという少女と、その兄も一緒にいた。

「あ!!　さっきのおねえちゃん！」

「婆ちゃん。ミーリャが転んだとき、このお姉さんが優しくしてくれたんだ」

「おやおや、そうかい。孫が世話になりましたねぇ、お嬢《じょう》さん」

老婆がにこやかに会釈《えしゃく》をする。

「殿下のお連れさんですか？　可愛いお嬢さんですね」

「ロッサ。彼女は俺の妻のメアリだ」

「おやまぁ！　奥様、はじめまして！」

朗《ほが》らかに笑う老婆に、エミリアはぎこちない笑顔を返した。

「奥様は良縁《りょうえん》に恵《めぐ》まれましたね。殿下はすごいお方ですよ。腕《うで》っぷしも強いし、頭も切れて。殿下がいらしてから野盗《やとう》も魔獣《まじゅう》もめっきり減ってねぇ。住み良い土地になりました」

「買《か》い被《かぶ》りすぎだ、ロッサ」

じゃあ、またな。と軽く手を振り、ディオンはエミリアと共に店から遠ざかった。そうする間にも、花売りや買い物客達が「殿下」「領主様」と気さくに声をかけてくる。

「ディオン様って、全然王弟らしくないですね」

「だろ？　かしこまった生き方は、ガキの頃にやめたんだ」

ディオンは笑っていた。

「王位なんて俺には不相応だし、そもそも姉上がお治めになるのが正しい。王宮暮らしは嫌いだから、辺境の地に行くことにした。治安の悪い場所だったが、任されたからには良い土地にしたいと思っているよ。……まぁ、俺の話はどうでもいいか。次は何を食いたい、メアリ？」

「さすがにお腹いっぱいです。もう食べられません」

「……そうか。だったらそろそろ、帰るか？」

お腹がいっぱいになったら屋敷に帰る、という約束だった。でも今のエミリアは、もっとヴァラハ領のことを知りたい気持ちになっている。

「もう食べられないので……なので、今度はいろいろな場所を見て回りたいです。ご案内をお願いできますか、ディオン様」

「勿論《もちろん》！　それじゃあ、広場でいったん足を休めよう」

ディオンは嬉《うれ》しそうにして、エミリアを広場に導いた。

広場には小さな舞台《ぶたい》ができていて、人形遣い《にんぎょうつか》いがマリオネットの劇を始めるところだった。エミリア達は、休憩《きゅうけい》を兼《か》ねて客席の一角に腰《こし》かける。舞台の脇《わき》に立てかけられた看板に、〝始まりの竜と聖女〟という演目名が掲《かか》げられていた。聖女という単語を見た瞬間、エミリアの心臓はとくりと跳《は》ねた——だが、動揺《どうよう》を顔に出さないように気をつける。

にもかかわらず、なぜかディオンは気遣《きづか》いの色を浮《う》かべてエミリアを見つめた。

「人形劇、無理に観《み》なくていいんだぞ？　場所を変えようか」

「……いいえ、せっかくですから観ていきます」

人形劇は大衆娯楽《ごらく》の定番だし、妙《みょう》なところで嫌がったら不自然かもしれない——そう考えたエミリアは、人形劇を観ることにした。

「かつてこの世に陸はなく、無限の空と海だった。雲上には神々と数多《あまた》の竜が住み──」

人形遣いが、歌交じりで語ったのは、エミリアもよく知る創世神話のストーリーだ。一頭の竜が私利私欲のために神々を喰《く》らい始め、しかし女神《めがみ》に討伐《とうばつ》されてしまう。

「女神はかつて、その竜の親友だったのさ。だから女神は、泣きながら言った。『罪深き竜よ。そなたの亡骸《なきがら》を苗床《なえどこ》に、私は命を育みましょう。そなたの罪が、新たな命で洗い清められますように』──」

人形遣いは大きな竜のマリオネットを糸で操《あやつ》り、大海を模した青い布へと沈《しず》めていった。

その直後、緑の陸地を表す舞台が現れる。

「女神は竜の亡骸を海へ落として、陸地を作った。そして陸地に人間を産み落としたのさ。気の遠くなるような長い長い歳月《さいげつ》を経て、大陸中に命が増えていった──だが！」

青い布に沈んだ巨竜《きょりゅう》のマリオネットが布から這《は》い上がり、暴れるような動きを始めた。陸地を模した緑の舞台の上で、老若男女《ろうにゃくなんにょ》の人形達が慌《あわ》てふためく。

「残忍《ざんにん》な竜の怨念《おんねん》は、人間の心を蝕《むしば》んだ……！　それが、かの恐《おそ》ろしき竜化病《りゅうかびょう》だ！」

人形使いが不吉《ふきつ》な声で告げ、マリオネットの老若男女に暴れるような動作をさせた。

「人間達を助けるために、女神は自分の血を大陸の東西南北に一滴《いってき》ずつ垂らした！　しずくを受けた四つの国は〝聖皇国〟となり、その四つの国にだけ竜化病を治せる特別な女が生まれるようになったのさ。──それが、〝聖女〟だ」

舞台の奥から、人形遣いは純白の法衣《ほうえ》を纏った聖女姿のマリオネットを登場させた。陽光を受けてきらめく美しい聖女の人形に、劇を観ていた子ども達が歓声《かんせい》を上げる。

「ねぇ、おじさん！　聖女ってほんとにいるの？」

「勿論さ。隣国レギトが、西の聖皇国なんだ。レギトでは稀《まれ》に聖女が生まれるんだと」

「でもおれ、聖女なんて会ったことないよ」

「そりゃそうだ。俺達の住むこの〝大陸西部〟には、現役《げんえき》聖女はたったの九人しかいないんだから、滅多《めった》に会えやしないさ。九人の聖女は全員レギト生まれだが、そのうちの八人は西の諸国に派遣《はけん》されているらしい。大昔の法王様が、『聖皇国は、周辺の国に聖女を授《さず》けて人々を救いなさい』というルールを作ったそうだ」

「じゃあわたし達の国にも、聖女は来てるの？」

「残念だが、聖女の数が足らなくて、ログルムントは聖女を派遣してもらえないんだ。だから救いが欲しい奴《やつ》は、直接レギトに行って聖女に頼むことになってるよ」

そう言うと、人形遣いは聖女のマリオネットをくるくると踊《おど》らせた。巨竜は再び青い海へと沈んでいき、老若男女のマリオネットが嬉しそうに万歳《ばんざい》をする。

「てな訳で、女神に遣《つか》わされた聖女だけが竜化病を治せるって訳だ。竜化病だけじゃなく、いろんな病気やケガも治せるらしい。いつかはお目にかかりたいものだなぁ、皆の衆？」

終幕の音楽と共に舞台に幕が下り、観衆の拍手《はくしゅ》が響いた。

……エミリアは。幕が下りた後もずっと、こわばった顔で舞台を見つめていた。

（大陸西部に聖女は九人だけ。でも本当は、私も入れれば十人だったんだ……）

法王の承認《しょうにん》がないエミリアは、聖女の数には含《ふく》まれない。だから、各国に派遣される聖女の人手が、一人足りない。ログルムントは聖女を派遣してもらえず、聖女カサンドラがレギト聖皇国とログルムント王国の二国の仕事を兼務《けんむ》するという形になっていた。

（……でも実際には、聖女カサンドラの仕事《しわた》はレギト国内だけで手いっぱいだった。ログルムントにはたまに表敬訪問に行くのが精いっぱいで……）

自分が正規の聖女として活躍《かつやく》できていたら、もっと沢山《たくさん》の人が笑顔になれていたのかもしれないのに――そんな思いが込《こ》み上げて、胸が苦しくなる。

（……それにもう、私は偽聖女ですらないんだ。素性を隠《かく》すために、聖女の力は二度と使えないから。でも、それって、すごく卑怯《ひきょう》なんじゃない？）

自己保身のために能力を隠して、救う役目を放棄《ほうき》するなんて――。

思いつめていたそのとき、ディオンに肩をぽん、と叩《たた》かれてエミリアは我に返った。

「やっぱり今日は、もう帰らないか？」

「え……？　いえ。せっかくですから、もっと街を……」

「俺の都合で済まないが、腰を落ち着けていたら疲れが出てきた。案内は今度でいいか？次は市場だけでなく、領内全部をじっくりと見せるよ。だから、今日は帰ろう」

ディオンに気遣われているのは明らかだった。彼の配慮《はいりょ》に感謝しつつ、一緒に馬車のほうへと戻ろうとしていた、ちょうどそのとき――。

「竜化病だ！」

市場のほうで、そんな叫《さけ》びが聞こえた。にわかに、市場の方角が騒《さわ》がしくなる。さきほどまでの陽気な賑《にぎ》わいとはまったく違う、悲鳴と怒号《どごう》が聞こえてきた。

「果実屋のガキが竜化病を発症したぞ‼　自警団を呼べ、早く取り押さえろ」

「いや、殺せ！　そんな危険な奴は、今すぐ殺しちまえ‼」

――殺す？　物騒《ぶっそう》な声に呆然《ぼうぜん》としていたエミリアは、ディオンの声で我に返った。

「ダフネ‼　メアリを頼む！」

護衛のダフネにエミリアを託《たく》して、ディオンは騒ぎのほうへと駆《か》け出《だ》す。蒼白《そうはく》な顔で彼の背を見つめるエミリアに、ダフネが鋭《するど》い声で耳打ちをした。

「メアリ様、あなたには関係ありません。一般人には、竜化病の治療《ちりょう》など不可能です」

エミリアは目を泳がせた。

（……私、治せるのに）

「馬車へ戻りましょう。ディオン殿下が戻られるまで、馬車で待機します」

黙《だま》り込んでいたエミリアは、やがてかすれる声で尋《たず》ねた。

「ダフネ……私、何もしないから。だから市場のほうに行くのは、問題ないでしょう？」

「メアリ様！」

「本当に、何もしない。見守るだけよ。約束する。……お願い、心配なの。ダフネ」

切々と訴《うった》えられ、ダフネは眉を寄せて溜息をついた。

「仕方のない人ですね……。絶対に余計なことはなさらないように。もしあなたが何かしようとしたら、私は全力で阻止《そし》しますのでそのおつもりで」


市場前の通りは、すっかりパニック状態だった。爆炎《ばくえん》魔法の暴発音がしきりに響き、人々は悲鳴を上げて逃げまどう。避難《ひなん》せずに、遠巻きから竜化病の少年の様子を窺《うかが》っている野次馬もいた。野次馬の中には「忌《い》まわしい！」「呪《のろ》われたガキなんか、殺しちまえ」と喚《わめ》く者も少なくない。

竜化病を発症《はっしょう》したのは、十歳にも満たない幼い少年だった。荒《あら》い呼吸で背を折り曲げて、石畳に膝を突《つ》いている。少年の体は異様な電気を帯びていて、ぱりぱりと細かい放電が起こっている。苦し気に胸を掻《か》きむしると、その指先から火の粉のような光の粒が零《こぼ》れた。

「う、……………うぅ。ああ…………」

無数の粒が寄り集まって、少年の周囲に数本の火柱が上がる。

少年の呻《うめ》き声は異様に低く、どこか人間離《にんげんばな》れしていた。ぎりぎりと食いしばった歯の隙《すき》間《ま》から魔獣のような唸《うな》り声が漏《も》れ出す。幼い顔立ちに憤怒《ふんぬ》の色が刻まれて、彼の瞳は鮮烈《せんれつ》なまでの虹色《にじいろ》と化している。それはまさに、竜化病患者《かんじゃ》の特徴《とくちょう》だった。

「お兄ちゃん、マルクお兄ちゃん！　どうしたの⁉」

少年の妹――ミーリャは混乱しながら泣《な》き叫んで、兄の名を呼んでいた。ミーリャはマルクのもとに駆け寄ろうとしていたが、老婆にそれを止められる。

「ダメだよミーリャ‼　行っちゃいけない、マルクに殺されちまう‼」

「なんで、おばあちゃん⁉　マルクお兄ちゃんがミーリャを殺す訳ないでしょ！」

「……竜化病は、ダメなんだ。全然違う人間になっちまう。ああなっちまうと、もう……」

マルクの祖母であるロッサは、血の気の失《う》せた顔をしていた。絶望しきった顔で、わなわなと震《ふる》えている。人々は口々に怒鳴《どな》っていた。

「誰か魔法で戦える奴はいねえのか⁉　そんなガキ、早く殺せ！」

ミーリャは泣きながら自分の耳を覆《おお》った。塞《ふさ》いだ耳には、尚《なお》も「殺せ！」「殺せ‼」という残酷《ざんこく》な叫びが聞こえてくる。――そのとき。

「お前達、落ち着け」

低くて響きの良い声が、ミーリャの耳朶《じだ》を打った。市場に現れたのは、ヴァラハ領の領主にして王弟・ディオン＝ファルサス・ログルムントだ。

「ディオン殿下がお見えになったぞ‼」

わぁ、と人だかりから歓声が上がった。

「殿下、果実屋のガキが竜化病になりやがったんだ」

「あのガキを、やっちまってください領主様！」

騒ぎ立てる彼らを冷めた目で見やってから、ディオンはミーリャに微笑《ほほえ》みかけた。

「心配するな。マルクは助かる」

石畳を蹴《け》って一陣《いちじん》の風のようにマルクへ迫《せま》る。一方のマルクは魔獣のような咆哮《ほうこう》を上げた――次の瞬間、ディオンの周囲の空気が何かに引火したかのように爆炎を上げる。

ディオンは止まらない。爆炎を抜けてマルクに迫ると、躊躇《ちゅうちょ》なくマルクの手首を取った。少年の喉《のど》から咆哮が迸《ほとばし》り、不可視の音の刃《は》がディオンを襲う。ディオンは少年の手首を握《にぎ》ったまま、半歩さがってそれを躱《かわ》した。

「眠《ねむ》っていろ」

ディオンに引っ張られ、マルクは前のめりによろける。少年の首の後ろに、ディオンは「とん」と手刀を入れた。小柄《こがら》な身体《からだ》は脱力《だつりょく》して倒《たお》れ込み、ディオンに抱き留《と》められた。

――いとも容易《たやす》く、勝敗は決していた。

歓喜《かんき》の声が市場を埋《う》め尽《つ》くし、場に居合わせた者達は「殿下」「殿下」と色めき立った。

ところがディオンは、とても不快そうな顔をしている。

「――黙れ、お前達」

彼の冷たい声に、一同は息を呑《の》んだ。

「竜化病は誰でも発症し得る病気だ。この大陸の人間は、全員が〝竜の因子〟を持っているからな。なのに〝化け物〟だの〝殺せ〟だの、よくそんなことが言えるな。その罵声《ばせい》がいつ自分や家族に浴びせられるか分からないのだと、全員肝《きも》に銘《めい》じておけ」

水を打ったような静寂《せいじゃく》。

ディオンはマルクを抱き上げて歩き出し、老婆と少女の前で止まった。

「ロッサ、ミーリャ。怖かっただろうが、心配は要らない。マルクは俺に預けてくれ」

「……ディオンさま。マルクお兄ちゃんは、病気治った？」

「まだ治ってない。気絶しているだけだから、起きたら今と同じ状態になる。ちゃんと治すには、隣国の聖女のところに連れて行って、儀式《ぎしき》をしてもらわなきゃならない。あとで神官をロッサの家に寄越《よこ》すから、詳《くわ》しい説明はそのときだ」

ディオンは人だかりの中に、エミリアとダフネがいることに気づいた。

「メアリ、見てたのか。俺はこの子を運ぶから、悪いが先に馬車で帰っててくれ」

それからダフネに「メアリを頼む」と言い残し、彼は去っていった。

「メアリ様、屋敷に戻りましょう。……メアリ様？」

エミリアは何も答えない。青ざめて立ち尽くし、泣き出しそうな顔をしていた。

――その夜。夫婦の共寝室で、背中合わせでベッドに寝転《ねころ》がりながら、ディオンとエミリアはぽつりぽつりと会話をしていた。

「今日は、いきなりの騒ぎで驚《おどろ》いただろう？　また今度、ゆっくり出かけよう」

エミリアは返す言葉を選ぶように沈黙《ちんもく》していたが、やがて声を絞《しぼ》り出した。

「……ディオン様。あのマルクという男の子は、これからどうなるんですか？」

「マルクの身柄《みがら》はレギト聖皇国に送られて、聖女カサンドラの竜鎮《りゅうしず》めを受ける」

聞いてみたものの、実際にはエミリアもその流れについては知っている。ログルムント王国の竜化病患者は、竜鎮めを受けるためにレギト聖皇国の皇都へと移送される――暴れないよう魔法封《まほうふう》じの枷《かせ》で手足の自由を奪《うば》われて鎮静剤《ちんせいざい》を打たれ、猛獣《もうじゅう》同然の扱いで運ばれてくる。今まで数百人もの患者を治してきた彼女は、彼らの姿を自分の目で見てきた。

「竜鎮めさえ受けられれば、マルクは治る。だから心配はいらない」

「……マルクが竜鎮めを受けるまで、何日くらいかかるんですか？」

「だいたい三、四か月だ」

――そんなに⁉　とエミリアは驚いて、ベッドから身を起こした。

（レギト聖皇国内の竜化病患者は、遅《おそ》くても数週間内に竜鎮めを受けられるのに！　数週間でも長すぎると思っていたけれど、まさかそんなにかかるなんて……）

ディオンもゆっくり起き上がり、申し訳なさそうな顔でエミリアと視線を交わした。

「国と国とのやりとりだし、レギト側からの許可が下りるのにどうしても時間がかかるんだ。今マルクはこの屋敷の地下牢《ろう》に収監《しゅうかん》されているが、準備が整い次第《しだい》ログルムント王都の主神殿に送られる。そして受け入れ許可をもらったら、レギトに移送されるんだ」

「そんなに長い間、あの子は苦しみ続けなければならないんですね」

「……仕方ない。治ればマルクとその家族は平穏《へいおん》な暮らしを取り戻せるし、俺も支援《しえん》する」

竜化病は本当に厄介《やっかい》な病だよ。と、ディオンが溜息をついた。

「不安そうだな、メアリ。竜化病が怖いのか？」

ディオンがそっと、エミリアの頬に触《ふ》れた。

「違います」

「だが、とても辛《つら》そうな顔をしている。……泣いてるじゃないか」

いつのまにか、涙《なみだ》が滲《にじ》んでいたらしい。ディオンの指が、目尻《めじり》の涙を優しく拭《ぬぐ》う。エミリアは心を見透《みす》かされるのが怖くなって、彼から目を逸《そ》らした。

（私は竜化病が怖いんじゃない。本当は今すぐ治してあげられるのに、聖女の力を隠さなきゃいけないから……。マルクの辛さを思うと、苦しくてたまらない）

「俺は明日からまた仕事で屋敷を留守にするが、牢の見張りは万全《ばんぜん》にしておくから心配いらない。マルクが暴れ出したり、牢屋《ろうや》から逃げたりする危険はないから安心してくれ」

ディオンは再び横たわった。

エミリアに背を向けていたが、一度だけ振り返って微笑みかける。

「メアリ、君が思《おも》い悩《なや》むことは何もない。だから安心してお休み」


――翌朝。ディオンは早くに屋敷を発《た》った。視察の都合で、一週間は戻らないという。

彼を送り出したエミリアは、暗い顔をして自分の部屋に戻っていった。

引き出しの中からイヤリングを取り出すと、エミリアはそっと語りかけた。

「……ルカ。本当は私、マルクを治せるのに。見て見ぬフリをするなんて、最低だよね」

七年前に出会ったルカは、ログルムントの少年だった。竜化病患者としてレギトに移送されてきたルカは、手足を枷で戒《いまし》められ、手負いの獣《けもの》のように唸ってこちらに飛《と》びかかろうとしていた。彼本来の海色の瞳は、そのときは鮮烈な虹色に染まっていた。

聖女《エ》カ《ミ》サン《リ》ド《ア》ラの竜鎮めで、ルカは正気を取り戻した。――「ずっと暗闇《くらやみ》の中にいた、とても苦しかった」と言ってルカは泣いていた。「自分のような出来損《できそこ》ないは父母に見捨てられるに違いない」と怯《おび》えていた。「救ってくれて本当にありがとう」と、まっすぐな目で伝えてくれた。

竜化病患者に出会うたび、エミリアはルカを思い出す。ルカを救ったあの日のように、全ての人を助けたい。それを目標にして、エミリアは務めを果たしてきたのだ。

（……なのに。私は今、自分の務めを果たせていない）

記憶《きおく》の中のルカに謝罪をするように、イヤリングを握りしめた。——そのとき。

こん、こんというノックの音が響き、侍女のサラが入室してきた。

「奥様。お茶の準備が整いました。……奥様？」

目に涙を溜《た》めてうつむくエミリアを見て、不審そうにサラが眉をひそめた。エミリアが何かを握りしめているのに気づき、さらに怪訝《けげん》な表情になる。

「ありがとう、サラ。でも今日は、お茶はいらないわ」

「そうですか」

「悪いけれど、ダフネを呼んできてくれる？　ちょっと、話がしたくて……」

エミリアの部屋に呼び出されたダフネは、話を聞いて目を見開いた。

「竜鎮めを行う？　メアリ様、あなたは何を仰《おっしゃ》っているんですか」

耳打ちするような距離で、二人は声をひそめて会話を続ける。

「私は本気よ。協力してダフネ。牢番《ろうばん》の目を盗《ぬす》んで、なんとか時間を作ってほしいの」

「何をバカなことを！　あなたはもはや〝聖女カサンドラ〟ではありません。聖女の力なんて二度と使う必要はないし、使ってはならないのです」

「分かってるわ、でも……」

「せっかく逃げて新しい人生を始めたのに、なぜわざわざ危険な真似《まね》をしたがるんですか？　行きすぎた善行は、ただの愚行《ぐこう》です」

ダフネの言うことは、おそらく正しい。ダフネが命がけで助け出してくれたのに、自分はわざわざ正体がバレるような愚行を働きたがっている。このまま、ただの女性を演じてのんびりと暮らすのが正解だ。きっとそうなのだろう。

「でも……ごめん、ダフネ。私、どうしてもマルクを今すぐ助けたくてたまらない」

エミリアの目から涙があふれた。

「理屈《りくつ》じゃないの。私の自己満足だって、よく分かってるつもり。でも……」

絞り出すような声で呟き、ダフネの腕をぎゅっと握る。

「見て見ぬフリが、やっぱりできない。早くマルクを楽にしてあげて、少しでも早く普通《ふつう》の暮らしに戻してあげたい」

「ですが仮に看守の目を盗んで竜鎮めを成功させても、その後どうするのです？　竜化病が自然に治ることはありませんから、『なぜ治ったんだ？』と大騒《おおさわ》ぎになりますよ？」

エミリアは返事に詰《つ》まった。良い答えが見つからないからだ。

（やっぱり私には、素性を隠して生きるなんてムリだったのかもしれない。それならいっそ、ディオン様が戻られたら正直に聖女の力のことを話そうかしら。レギト聖皇国に送還《そうかん》されるとしても、その前にせめてマルクの竜鎮めだけは——）

考え込んでいるエミリアを、ダフネは険しい表情で見つめている。二人の沈黙は、どれほどの長さだっただろうか。――だが、やがて。

「仕方のない人ですね、あなたは」

ダフネは目を細めている。灰色の瞳の奥に、優しい光が見えた気がした。

「要するに、あなたの関与《かんよ》を誰にも気取られないように、完璧《かんぺき》な潜入《せんにゅう》・脱出《だっしゅつ》をやり遂《と》げればいいということですね？　牢屋の少年の竜化病がなぜか急に治ったとしても、治した者がメアリ様だと誰にも疑わせなければ良い、と。そういうことでしょう？」

目を見開いて驚いているエミリアに向かって、ダフネは一礼をした。

「ならば、このダフネがお手伝いいたします。ペンと紙をお借りしますよ」

ダフネがペンを走らせる。白い紙の上に、あっという間に地図が描《えが》き出されていった。

「ダフネ。その地図は？」

「領主邸内《ていない》の地下に張《は》り巡らされている、下水路のルートです。地下牢にも下水路は通じているので、使えるかと」

「下水路って……なんでダフネが知ってるの？」

「万が一の逃亡路《とうぼうろ》として利用できると思い、調査を済ませておりました。屋敷の浴室、洗《せん》濯室《たくしつ》と温室には、下水路にぎりぎり侵入可能な隙間があります。そちらから侵入しましょう。地下牢の見張りは私が行動不能にいたします。……殺しませんので、ご安心を」

ダフネの瞳は怜悧《れいり》な刃物《はもの》のようだった――護衛や侍女の目ではなく、暗殺者のような眼光である。

「メアリ様は竜鎮めをすみやかに完了《かんりょう》させ、終わり次第お部屋に戻っていただきます。決行はいつになさいますか?」

「今日が良いと思う。ディオン様が視察で帰ってこないから、今夜は一人なの」

「承知いたしました。それでは私は〝準備〟をして参ります」

本当にありがとう……と、エミリアは声を震わせながら頭を下げた。

「私の主人は、本当に仕方のない人ですね」

ダフネは何を思っていたのか、溜息をついてからそっぽを向いていた。

――その日の深夜。ダフネとエミリアは作戦を決行した。

領主邸内の温室へと忍《しの》び込み、排水《はいすい》設備の奥から下水路経由で地下牢を目指す。地下牢には見張り番の仮眠室《かみんしつ》や休憩室などがあり、休憩室が下水路とつながっていた。休憩室に誰もいないのを確認してから、無事に潜入を果たした。

「地下牢内の監獄室《かんごくしつ》には、耐攻撃《たいこうげき》魔法処理が施《ほどこ》された独房《どくぼう》が五つあります。今はマルクだけが収容されており、マルクの独房は一番奥です。鎮静剤を投与《とうよ》されているため、マルクが騒ぎ出す可能性は低いかと」

薄暗《うすぐら》い通路の途中《とちゅう》に一人の兵士が倒れており、エミリアは喉の奥で悲鳴を噛《か》み殺《ころ》した。

「ご安心ください、眠らせただけです。――本日の見張り番は二名。彼らにはあらかじめ時限性の睡眠毒《すいみんどく》を盛っておきました」

そう言いながら、ダフネは通りすがりに仮眠室の戸を薄《うす》く開いた。仮眠室では、もう一人の兵士がベッドで寝息《ねいき》を立てている。通路の途中で寝ている兵士の脇をすり抜け、ダフネとエミリアは通路の先にある監獄室を目指した。

「こちらです、エミリア様。竜鎮めはできるだけすみやかにお願いしま――」

ダフネは声を途《と》切《ぎ》れさせ、いきなり手首を翻《ひるがえ》して何かを投擲《とうてき》した。ナイフを隠し持っていたらしい。次の瞬間、ダフネの身体が横殴《よこなぐ》りに弾《はじ》き飛ばされた。

「ダフネ⁉」

「……貴様《きさま》ッ、く、ぁ」

「手荒《てあら》な真似をするが、許せよ。先に仕掛《しか》けてきたのはお前だ、ダフネ」

エミリアは絶句した。屈強《くっきょう》な男が、ダフネを床《ゆか》に押し付けていたからだ――その男は。

（……ディオン様⁉）

「メアリ。こんなところに何をしに来たんだ？」

ディオンはダフネの腕をひねり上げながら、険しい顔でエミリアを見つめている。

こっそり忍び込んだ地下牢で、不在のはずのディオンが待ち構えていた――理解不能な状況《じょうきょう》に、エミリアはすっかり混乱してしまった。

「……ディオン、さま。なぜ地下牢に？　今夜は視察でお戻りにならないって……」

「ごめんな、それは真っ赤な嘘《うそ》だ。本当は、俺はずっとここにいた。ここで待ってたら、メアリが来るんじゃないかなぁ……っていう、根拠のない予感がしたんだ」

「どういう……ことでしょうか……」

「別に？　俺は理屈より直感を信じる主義なんだ。なんとなく、そう思っただけだよ」

彼の声音《こわね》は、いつもの陽気な調子ではなかった。拘束《こうそく》を解こうとするダフネに、ディオンは「動くな」と低く言った。強く床に押し付けられたダフネが、苦鳴を漏らしている。

「ダフネがいろいろ嗅《か》ぎまわっているのは気づいていたが、泳がせていたんだ。……部下に毒を盛られていたのは、見抜《みぬ》けなかったがな。完全に俺の落ち度だよ、情けねぇ」

悔《く》いるような表情で、ディオンは首を振っていた。彼は軽い力でダフネを押さえ付けているように見えるが、ダフネは一向に抗《あらが》えない。両者の力の差は歴然だった。

「おい、ダフネ。俺の部下達の命に別状はないんだろうな？」

ダフネは呻きながらも、毒の効力が明け方には切れることを告げた。ディオンがわずかに表情を緩め、ダフネを解放する。

「それなら良かった。返答次第ではお前の処罰《しょばつ》を避けられなかったところだ。……だが、そんなことをしたらメアリが悲しむ」

ダフネはよろけながら起き上がり、エミリアを庇《かば》うようにして立った。エミリアは立ちすくんでいる。そんな二人を見つめて、ディオンは溜息をついた。

「……さて困った。俺はどうするべきだ？　メアリ？」

エミリアは、固唾《かたず》を呑んだ。

（現場を押さえられた以上、言《い》い逃《のが》れはできない。なぜディオン様が、私がここに来ると思ったのかは知らないけれど、私にはそれを尋ねる権利がない……）

正直に全てを打ち明けて、マルクの竜鎮めをさせてもらえるように頼もう。その後のことは――仕方ない。覚悟《かくご》を決めたエミリアは、ディオンに深く首を垂れた。

「申し訳ありません、全て私の我《わ》が儘《まま》なんです。……だから、どうかダフネだけは見逃《みのが》してあげてください。これまでのことを全部、正直に、お話ししますから」

ディオンが微《かす》かに眉を顰《しか》める。ダフネが「メアリ様！」と声を荒らげるのも聞き入れず、エミリアは大きく息を吸い込んだ――しかし、

「聞きたくない」

咄嗟《とっさ》にディオンに遮《さえぎ》られ、エミリアは戸惑った。ディオンが悲しそうな顔をして、こちらを見つめている。

「言わないでくれ。君からそれを聞き出したら、俺は契約違反《いはん》になってしまう」

「……え？」

「俺との契約結婚に応じてもらう条件として、俺は『メアリの過去と素性について、一切《いっさい》

の詮索《せんさく》をしない』と約束した。君に自白させたら、契約違反になるだろ？……君との婚《こん》姻《いん》関係を失いたくない。君は律儀《りちぎ》だから、俺もそういうところはきちんとしないと」

静かな靴音《くつおと》を響かせて、ディオンはエミリアに歩み寄る。

「だから俺は、今後も君の素性や過去を問い質すつもりはない。……だがその代わりに、一つだけ質問に答えてくれないか」

ディオンの両手が、エミリアの肩をしっかりと捉《とら》えた。

「君はマルクを救えるか？　救えるからこそ地下牢に来たのだと、俺はそう期待している。YESなら、今すぐ助けてやってくれ。あとのことは全部俺が上手《うま》くやるから」

エミリアはハッとした。

（ディオン様は、私が竜鎮めをできるって……聖女の力があるって知ってるの⁉）

なぜ知っているのだろう？　という至極《しごく》当然な疑問が頭をよぎる。だがしかし、エミリアにとって、今はそんな疑問などどうでも良かった。

「YESです。私にマルクを救わせてください」

ディオンは「頼む」とだけ告げて、マルクの独房の鍵《かぎ》を開けた。彼自身が先に牢に入り、エミリアにも続くようにと視線で促《うなが》す。独房の隅《すみ》で、マルクは凍《こご》えるように震えていた。

エミリアは、檻《おり》の外に立つダフネを振り返った。

「ダフネ。何があっても、あなたは手出しをしないでね」

「……かしこまりました」

エミリアはマルクに歩み寄る。うずくまっていたマルクは、びくりと起き上がった。手負いの獣のように低く唸り、身を低くして牙《きば》を剝《む》く。黒色だったはずのマルクの瞳には、今は鮮烈なまでの虹色がうごめいていた。

威嚇《いかく》するマルクに向かって、数歩離れた距離からエミリアは右手をかざした。

「怯える竜よ。人の仔《こ》に、あまねく宿る竜の血よ——」

掌《てのひら》から淡《あわ》い魔法の光があふれ、舞い広がって薄暗い牢獄《ろうごく》を清らかに照らした。マルクはその光を厭《いと》うように、獰猛《どうもう》な唸りを上げる。

「我が声を聞け、荒ぶる竜よ。我は女神の代行者、汝《なんじ》の怒《いか》りを鎮《しず》める者なり」

瞬間、マルクがエミリアに飛びかかった。エミリアは舞うような動作で魔法の光を展開し、光の網《あみ》でマルクを包み込んだ。引き千切ろうとして暴れるマルクに、エミリアはそっと手を伸《の》ばす。頰に触れ、慈《いつく》しむように微笑みかける。

「汝、恐れること勿《なか》れ。人の仔と共に在れ。人の仔を赦《ゆる》し愛せ。さすれば汝は赦されん」

マルクの中で暴れる竜へ直接語りかけるように、エミリアは囁《ささや》いていた。マルクの動きが、徐々に緩慢《かんまん》になっていく。瞳にうごめく虹色が、徐々に薄くなっていく。

苦悶《くもん》に歪《ゆが》んでいたマルクの顔が、まどろみの表情へと変わっていった。

「我は聖女。我は汝と人の仔の、真なる友愛を祈《いの》る者——」

柔《やわ》らかな光がマルクを包み込み、ゆっくりと消えていった。気を失って脱力したマルクを、エミリアが優しく抱き留める。

「……〝竜鎮め〟は無事に終わりました。マルクは二度と竜化病を発症しません」

その場にマルクを横たえ、エミリアはディオンとダフネを振り返る。ディオンもダフネも、それぞれ何か言いたげで――しかし二人共無言でエミリアを見つめていた。

エミリアはディオンのもとへと歩み寄ろうとしたが、ふらりとよろめいてしまった。

「おい、大丈夫か」

咄嗟に伸ばされた彼の腕に、エミリアは抱き留められていた。

「平気です。竜鎮めって、意外と魔力《まりょく》の消費が激しくて……すごく眠くなるんです」

「そういうものなのか」

「でも久々だから、少し鈍《にぶ》っているのかも。……いつもは連続でも、動けるのに」

「もう何も言わなくていい」

ふらふらしているエミリアを、ディオンが横抱きにした。

「このまま寝ろ。寝室に運んでやる」

「済みません……」

逞《たくま》しい腕の中で、エミリアは微睡《まどろ》んでいた。

(……ディオン様。あなたは一体、何者なの？　私に聖女の力があると、なぜ知ってたの？　知っていたのに、知らないフリをしていたの？　……でも、いつから？）

眠くて、頭が働かない。でも、これだけは今、言っておかないとダメだと思った。

「ありがとうございます……ディオン様……」

ディオンは、彼女を慈しむように笑みを深める。

「こちらこそ。マルクを救ってくれてありがとう。あとのことは任せてくれ。マルクを一日でも早く家族と会えるようにするし、他も上手くやる。だから、安心してお休み」

安心しきった表情で、エミリアは、すぅ――と寝入《ねい》ってしまった。

愛おしげに彼女の寝顔《ねがお》を見つめるディオンの背中に、ダフネが硬《かた》い声で呼びかける。

「……殿下」

「今日のことは、全部不問にしておく。俺はメアリと約束しているんだ――メアリだけでなく、ダフネのこともしっかり守ると」

ダフネは、驚いたように目を見開いた。

「だからダフネ、お前も今後は怪しい行動をするな。何かあれば事前に俺に相談しろ。……もしもお前の首が飛んだら、メアリが泣く」

行くぞ。とダフネを促して、ディオンは地下牢をあとにした。

それからエミリアを共寝室まで運び、ディオンは再び地下牢に戻った。今はすっかり夜《よ》更《ふ》けで、満月が南から西の空へ傾《かたむ》きかけているところだった。

マルクと毒を盛られた部下達の容体を確認したが、全員問題なさそうだ。屋敷の見張り番を一人呼び、マルク達を見守るよう命じた。とくにマルクは、地下牢で目覚めたらパニックになるに違いない。起きたら連絡《れんらく》するよう、見張り番には指示しておいた。

(夜が明けたら忙《いそが》しくなる。……ひとまず、仮眠だけでも取っておくか。マルクの今後については、慎重《しんちょう》に考えなければならないからな)

屋敷に戻って寝室に向かいながら、ディオンは思いを巡らせていた。

(竜化病は、聖女に頼む以外に治すすべのない病だ。エミリアの関与を伏《ふ》せなければいけないから、ほとぼりが冷めるまでマルクを神殿で保護する必要がある。……まぁ、王族の権力を多少振りかざして、うまくやるか。夜が明けたら神殿に使いを送ろう)

共寝室に入ると、ベッドですやすやと眠るエミリアの姿が目に入った。思わず緊張がほぐれて、ディオンの顔に笑みが浮かんだ。

エミリアの寝顔は、子どものようにあどけない。

「……前に会ったときも、そういう顔で眠ってた。エミリアは、本当に変わらないな」

同じベッドに身を横たえて、彼女の頬に触れていた。柔らかくて温かい。

(子どもの頃と、おんなじだ)

触れられる距離にエミリアがいる——そんな幸せを噛みしめながら、ディオンは七年前の出会いを思い返していた。

ディオンは十三歳の頃、竜化病を発症した。当時の彼は、六歳年上の姉ヴィオラーテとの王位継承《けいしょう》争いに巻き込まれていた。

第一王女ヴィオラーテは亡《な》き正妃《せいひ》の子。第一王子ディオンは、側妃《そくひ》の子だ。本来なら正妃の子が継承権第一位となるのだが、ヴィオラーテが病弱であり正妃がすでに没《ぼっ》していて権力基盤《きばん》が脆弱《ぜいじゃく》であったため、側妃は「我が息子《むすこ》ディオンを次期王位に就《つ》けるべき」と激しく主張していた。

側妃は、事あるごとに息子《ディオン》を責めた――「お前が頼《たよ》りないから、王太子になれないのですよ?」「ヴィオラーテに引けを取るなど、恥ずかしくないのですか?」

――愚《おろ》か者《もの》。出来損ない。不甲斐《ふがい》ない子。

幼い頃からひどい言葉を浴びせられ、ディオンはいつも母親に怯えていた。国王《ちちおや》は側妃を可愛がってはいたが、気弱なディオンを好いてはいない。母からも父からも評価されない彼には、生きることと苦しむことは同義だった。

そんな彼の唯一《ゆいいつ》の味方は、意外にも異母姉のヴィオラーテであった。ヴィオラーテは聡《そう》明《めい》で公平な女性だ。彼女の王位継承を脅《おびや》かす〝敵〟であるにもかかわらず、ディオンを正しく評価し姉弟《きょうだい》として彼に接した。

ディオンは、姉を尊敬している。だから姉から誕生日に贈《おく》られた〝海青石〟のイヤリングを、彼はとても大切にしていた。銀製の土台に海青石を嵌めたイヤリングは、姉がディオンのために作ってくれた世界に一つの宝物である。

だが、母はそんなディオンを執拗《しつよう》に責めた。

「ヴィオラーテと馴れ合うなど、何事ですか⁉　あんな小娘《こむすめ》に懐柔《かいじゅう》されるなんて！　ディオン、お前はなんて愚かな子なの」

愚か。愚か。愚か愚か愚か愚か。――もう、嫌だ。死んでしまいたい。

そう願った瞬間、暗闇の中に引きずり込まれた――彼が竜化病を発症した瞬間だった。

そのあとは、全てが分からなくなった。息が苦しく、心臓が押しつぶされるように痛い。

理解不能な暗闇が、永遠と思えるほどの長さで続いた。

正気を取り戻したのは、竜鎮めの儀式を受けたあとのことだ。ディオンは純白の法衣を纏った赤髪《あかがみ》の聖女《エミリア》カサンドラに手を握られていた。

「苦しかったでしょう。でも、もう大丈夫。心配はいりません」

ヴェール越《ご》しの顔は十歳前後と幼いのに、聖女の物腰《ものごし》は大人びていた。

磨《みが》き抜かれた大理石を切り出して作ったような小部屋に、自分と彼女は二人きり。聖女カサンドラから竜化病のことを聞かされて、ディオンは激しく動揺した。

――父上も母上も、こんな自分を見放すに違いない。取り乱していたディオンに、聖女カサンドラは優しく寄り添《そ》い続けてくれた。

「竜化病は、誰もが発症しうる病です。この大陸の人間には〝竜の因子〟が眠っていて、何かの弾《はず》みでバランスが崩《くず》れてしまうことがあって。でも、一度治せば二度と発症しません。これからは、あなたはあなたの竜と仲良しになれるはずです」

彼女の声に耳を傾けていたら、徐々に気持ちが落ち着いてきた。

「……ありがとう、少し、気持ちが楽になったよ」

にこっと優しく微笑んでから、聖女カサンドラは扉《とびら》のほうへと向かっていった。

「お付きの方々。竜鎮めは、無事に終了しましたよ」

彼女が小部屋の扉を開くと、喜色を浮かべて二人の男が入ってきた。

「おぉ！　ルカ様、お気を取り戻されましたか！」

「ルカ様、ご無事でなによりです！」

（――ルカ？）

ルカというのは、ディオン＝ファルサス・ログルムントの幼名だ。――五歳頃まで、ディオンは王宮内では〝ルカ〟と呼ばれていた。

目の前の男二名はディオンの護衛騎士で、幼少時から付き従っている者達だ。普段《ふだん》は王国騎士団の騎士服を纏っているのに、今は使用人のような身なりをしている。

「おまえ達、なぜ今さら私をルカと――」

護衛騎士達は聖女カサンドラに聞こえないように、声を殺してディオンに言った。

「この国にいる間、あなたをルカ様とお呼びします。お名前を変え、変装をして、あなたが王家の者だという事実を伏せました」

（……名前と姿？）

ディオンはふと、壁《かべ》に嵌まっていた大鏡に目を馳《は》せる――自分の金髪《きんぱつ》が、カラスのような黒に染められていた。

「王家から竜化病が出たとなれば、ログルムントの醜聞《しゅうぶん》となります。レギト聖皇国に知られれば政治的優位を取られかねないため、このようにせよと国王陛下が命じられました」

（醜聞……？　やはり、父上は私を……）

血の気が引いて、ディオンの身体がふらついた。

「ルカ様、どうかお気を確かに」

「触れるな。どうせお前達も、私を見下しているんだろう⁉」

「そのようなことは……」

言い合う彼らを見て、聖女カサンドラが心配そうに声をかけた。

「ルカ様の心が乱れているのも無理はありません。体の消耗《しょうもう》もあるでしょうから、回復魔法をかけますね。お二人は席を外してください」

「……聖女様。よろしくお願いします」

護衛騎士達はディオンに「それでは、ルカ様。ひとまず失礼します」と囁いて部屋を出ていった。聖女カサンドラはパタン、と扉を閉めてから、笑顔でディオンを振り返った。

「ソファに座って、気持ちを楽にしてくださいね。回復魔法をかけましょう」

ディオンをソファに座らせて、彼女はその横にひざまずいた。掌から白い光を発して、ディオンの腕に触れていく。

「世間って、残酷ですよね。竜化病は誰でも起こりうる病なのに、なかなか理解が広まりません。あなたが気にすることなんて、本当は何もないのに」

聖女カサンドラは、ディオンを励《はげ》まそうとしているようだ。

「世間にはあまり知られていませんが、竜化病を乗《の》り越《こ》えると身体能力が飛躍的《ひやくてき》に向上するんです。中でも超常的《ちょうじょうてき》な力に目覚めた人は竜人《ドラゴニュート》と呼ばれていて、この大陸を治める法王猊下《げいか》も竜人の一人なんですって。あなたにも、多くの幸せがありますように」

にっこりと笑う彼女は、年齢《ねんれい》相応にあどけない顔をしていた。聖女としての大人びた振る舞いと子どもっぽい笑顔が不釣《ふつ》り合《あ》いで、なんだか可愛い。

ディオンは少しずつ心の余裕《よゆう》を取り戻し、ふと疑問を感じた。

(この子は……本当にあのカサンドラなのか？)

舞踏会《ぶとうかい》で出会った高圧的なカサンドラとは、まるで別人だ。

(二重人格なのか？　雰囲気《ふんいき》が違いすぎる。……今のカサンドラは、とてもきれいだ)

勝手に高鳴っていく鼓動《こどう》に、ディオンは戸惑っていた。気恥ずかしくて彼女を直視できず、うろうろと視線をさまよわせてしまう。

（カサンドラが、こんなに清らかな子だったなんて……）

そのとき。カサンドラから、「すぅ、すぅ」という寝息のような音が聞こえてきた。

「……………ん？」

ディオンは彼女のほうを見た。ソファにもたれて熟睡《じゅくすい》している彼女を見て、絶句する。

（おい⁉　寝ているのか？　聖女の仕事中なのに⁉）

ほんの数分前まで、カサンドラは穏《おだ》やかに微笑みながら語りかけてくれていたのに。一体いつの間に眠ったのだろう。よほど疲れていたのだろうか？

（……………本物のカサンドラ……だよな？）

ディオンはじっと彼女を見つめた。ヴェールの奥の寝顔も、赤い髪も、カサンドラのように見える。……だが、何か違和感《いわかん》が。

薄絹《うすぎぬ》越しの寝顔が、とても可愛い。ヴェールを取り去って、直接顔を見てみたい――そんな欲求で、ディオンの手が勝手にヴェールへ伸びていく。

（いや、ダメだ。こんなことをするのは野蛮《やばん》だ。でも……）

めくってしまった。愛らしく、無邪気《むじゃき》な寝顔がそこにある。だが、この子は……？

（やっぱり、カサンドラじゃない。この子は一体……）

引き寄せられるように、彼女の頬に触れていた。とても温かくて、柔らかい。高鳴る鼓動を落ち着けることができない――。

そのとき、ぱちりと少女が目を開けた。

「ひょわわわわっ⁉」

という珍妙《ちんみょう》な声を出してうろたえながら、少女は大きく後ずさった。勢いよく下がりすぎて、足を滑《すべ》らせて部屋の隅に置いてあった聖水入りの大盤《おおばん》をひっくり返してしまい――そして頭から大量の聖水をかぶってしまった。

ばっしゃぁ………という水音を聞きながら、ディオンは自分がとんでもないことを仕出かしたと思って青ざめた。

だが、ディオン以上に彼女のほうが真っ青になっている。びしょ濡《ぬ》れになった髪から赤い染料が流れ落ち、彼女の髪は赤と亜麻色《あまいろ》がまだらになっている。

「は、はわわ、はわわわわ……」

泣きべそをかいて慌てふためく彼女に、ディオンはおろおろしながら謝った。

「わ、悪かった。その……悪気はなかったんだ、ごめん。だから……」

彼女は水しぶきを上げながら、ディオンに摑《つか》みかかっていた。

「お願いだから、私がニセモノなのは内緒《ないしょ》にして‼　カサンドラ様のためなの！」

「……カサンドラのため？　どういうことだ？」

混乱しきっていた彼女から事情を聴《き》くうち、ディオンの顔色は変わっていった。

「なんて理不尽《りふじん》な……！　君はレギト皇家に搾取《さくしゅ》されているのか⁉」

密入国でもいいからログルムントに逃げて来い、とディオンは彼女に言った。だが彼女は、逃げる気はないと答えたのである。「自分は変装のままでもいい」「大切なのは、皆が幸せになること」――彼女は笑顔で、そう言っていた。

話しているうちに、エミリアは落ち着いてきたようだった。火と風の魔法で器用に自分の法衣を乾《かわ》かし、予備の染め粉で髪を直すと、明るい笑顔で別れを告げてきた。

「ルカも元気になったみたいだし、そろそろ終わりの時間にしよっか」

従者達を呼ぶために部屋の扉を開けようとした彼女を、ディオンは引き留めた。

「……待ってくれ」

このまま別れるなんて嫌だし、エミリアのことが心配だ。できることなら、今すぐ彼女を連れ出したい。

ふいに、外から扉を叩く音が聞こえた。

「聖女様、如何《いかが》なさいましたかな？　竜鎮めは、無事にお済みでしょうか」

「……神官長だわ！　いつもより時間がかかりすぎてるから、心配してるみたい」

エミリアは、扉の外に向かって「大丈夫です」と声を返した。

「実はね、ルカは私が自分一人で治した、初めての竜化病患者さんだったの。これまでずっと先輩《せんぱい》と一緒に竜鎮めをしていたんだけど、自分一人は今日が初めて。私、これからも沢山の人を助けるよ。ルカも、国に帰ってからも頑張《がんば》ってね！」

……彼女を説得したくても、残り時間はないようだ。

ディオンはふと、自分の耳に飾《かざ》られていたイヤリングに気がついた。姉から贈られた海青石のイヤリングを、両耳から外してエミリアに握らせる。

「それならせめて、これを受け取ってくれ。高価なものだから、いざというとき売《う》り払《はら》って役立ててほしい」

もしもエミリアが「逃げ出したい」と思ったときに、資金の足しになるように。本当はこの程度の支援では足りないが、自分が隣国の第一王子であることを伏せなければならず、ほとんど身一つの今の状況では、これくらいしか思いつかない。

「売る⁉　何言ってるの、こんなにきれいなものを……」

エミリアは遠慮《えんりょ》しようとしたが、ディオンは聞き入れない。二人が言い合っていると、神官長は再び「入ってもよろしいですかな？」と尋ねてきた。

困り顔だったエミリアは、ふと思いついたように片方のイヤリングだけを自分の左耳に付け、もう片方をディオンの右耳に付けた。

「それじゃあ半分こにしよう。これ、ずっと大事にするね。ルカのこと、忘れないよ」

エミリアは誇《ほこ》らしげだ。彼女にとってのディオンは記念すべき〝患者第一号〟らしく、希望に燃えるエミリアに「逃げろ」と言っても聞き入れてはくれなそうだ。

……それならば。今の自分にできる、せめてものことは。

「――ありがとう。私を救ってくれて本当にありがとう、エミリア」

彼女の本当の名を呼んで、ディオンは心からの感謝を伝えた――幸せそうにはにかむエミリアを、自分の瞳に焼き付けながら。彼女が聖女として堂々と生きられるよう、祈りを込めて彼女を見つめた。


――その後ディオンは、ログルムント王国へと戻った。

第一王子《ディオン》が竜化病を患《わずら》ったという〝醜聞〟は国内外には伏せられ、ごく一握りの者しか知らない。しかし、ディオンを父母は〝出来損ない〟と侮蔑《ぶべつ》した――。

だが、ディオンにとって父母の評価など、すでにどうでも良くなっていた。両親よりも、病に理解を示して幸せを願ってくれたエミリアのほうが尊い。エミリアに誇れるような、強い人間になりたい。だから、王位を目指すフリもやめた。

くだらない王位継承争いから身を引き、姉ヴィオラーテが女王に即位《そくい》した後は全力でそれを支えた。国内の貴族には「自分の娘《むすめ》を王弟妃《おうていひ》にして、ディオンを王位に押し上げ自身の権力を高めよう」と目論《もくろ》む輩《やから》も多かったが、ディオンはそれらに目もくれなかった。

ディオンは政治の中枢《ちゅうすう》に身を置くことを好まず、王家直轄《ちょっかつ》領ヴァラハの領主となることを望んだ――本来は領地を持たない宮中伯《はく》が、任期付きで嫌々《いやいや》赴任《ふにん》するような土地だ。

ディオンは、他人の思惑《おもわく》に振り回されない人間になっていた。この生き方で良いし、むしろこうやって生きていきたい。〝替え玉〟という損な役回りを真摯《しんし》に引き受けていたエミリアの姿を、ディオンはいつも胸に抱いていた――。

そして今。あのエミリアが、ディオンの〝妻〟になっている。人生というのは、本当に分からないものだ。

ベッドで横になりながら、ディオンはエミリアの頬に触れていた。

（……知らないフリを貫《つらぬ》いて、エミリアには普通の暮らしをさせてやりたいと思ってたんだ。でもマルクの竜化病を治すために、力を借りてしまった）

ディオンが地下牢でエミリアを待ち構えていたのは、本当に直感だった。来なければ来ないで良い――だが、彼女の切迫《せっぱく》した表情を見て、何かをしそうな予感がしたのだ。

（何も問い質《ただ》さないのに竜鎮めを頼むだなんて、本当に無茶な要求をしてしまった）

反省はしているが、マルクを一刻も早く助けるにはあれが最適解だった気もする。

（俺はエミリアを失いたくない。ずっと、そばにいてほしい――）

七年前のディオンは、エミリアを守れず手放してしまった。『誰にも言わないで』と釘《くぎ》を刺《さ》されていたとはいえ、彼女に何一つ手助けできなかった自分自身が不甲斐ない。……だが大人になった今ならば、エミリアを守ってやれるはずだ。

いつの間にか、カーテンの隙間から朝の気配が差し込んでいた。

安らぎを求めるように、ディオンはエミリアの髪を撫《な》で続けていた。

――そのとき。エミリアが、ぱちりと目を開けた。

「ひっ⁉　ひゃぁああ」

奇声《きせい》を上げてベッドから飛び起きるエミリアの姿に、ディオンは思わず笑ってしまった。

「お、おはようございます、ディオン様……」

「おはよう。昨晩はありがとう」

エミリアは「昨晩……」と呟いて顔をこわばらせ、深刻そうに尋ねてきた。

「ディオン様は私が〝聖女の力〟を持っていることを、知っていたんですね？」

「それは聞かない約束だ」

「でも気になります。私の正体は、レギト聖皇国でもほとんど知られていなかったのに。ましてや、隣国のログルムントでは……たった一人しか、私の秘密を知らないはずです」

――たった一人？　ディオンの心臓が、とくりと跳ねる。

エミリアはじっとディオンを見ていたが、やがてハッとした顔で口元を覆った。

「ま、まさか、ディオン様は……！」

ディオンは、彼女の言葉を待った。――ひょっとして、エミリアは俺《ルカ》のことを覚えているのだろうか？　そんな期待に胸が膨《ふく》らむ。しかし、

「ディオン様は…………………ルカの知り合いだったんですね⁉　ルカから偽聖女《わたし》の秘密を聞いていたんでしょう⁉」

ディオンの口から「はぁ⁉」という間抜《まぬ》けな声が漏れた。

「し、知り合い……？」

「そうでしょう？」

エミリアがあまりに自信たっぷりだったから、ディオンは曖昧《あいまい》にうなずいてしまった。

「ほら、やっぱり。ルカったら意外と口が軽い子だったのね。……もう」

「参考までに聞きたいんだが。君にとって〝ルカ〟はどういう奴だったんだ？」

「友達です」

「友達……」

「はい。でもルカったら、私がうたた寝してたら勝手にヴェールをめくって、顔を触《さわ》ってきたんですよ？　あの子、なんでそんなことしたんだろう？　今考えても、かなり謎《なぞ》です。そのせいでいろいろバレちゃって。私、本当に慌てたんですよ……」

ところで――、とエミリアは目を輝《かがや》かせてディオンに尋ねた。

「ディオン様。ルカは今、どこにいるんです？」

「……教えねぇ」

「え⁉　なんでですか！」

ディオンはそっぽを向いて黙り込んだ。「ルカは俺だよ」などと言えるはずがなかった。

レギト聖皇国の主神殿では、聖女カサンドラが竜鎮めの儀式を執《と》り行《おこな》っている真っ最中である。鎮めの間と呼ばれる竜鎮め専用の小部屋にいるのは、カサンドラと神官長、そして壮年《そうねん》の男が一名――。

「きゃぁあああ！　近寄らないで、この化け物！」

悲鳴を上げたカサンドラは、危《あや》うげな手つきで魔法陣《まほうじん》を描き上げた。そんな彼女に、壮年の男が唸り声を上げて飛びかかる。両者の間に光の魔法壁《まほうへき》が展開され、男は壁に遮られた。男は獣のように吠《ほ》え、憎《にく》らしげにカサンドラを睨《にら》む――彼の瞳は鮮烈なまでの虹色で、竜化病に侵《おか》されているのが一目瞭然《いちもくりょうぜん》であった。がぃ、がぎん、と胸の悪くなる音を響かせ、竜化病の男は光の壁を壊《こわ》そうとしている。

「なんて恐ろしい！　なぜこんな病人を、わたくしが癒《いや》さなければならないのかしら⁉」

涙目《なみだめ》になって青ざめながら、カサンドラは壁の向こうの男に向かって悪態をついていた。

そんなカサンドラに、神官長が声援《せいえん》を送る。

「頑張ってくださいませ、カサンドラ皇女殿下！　お早く、竜鎮めをお願いします！」

神官長は儀式にはかかわらず、自身の魔法壁を作って安全な場所から応援《おうえん》していた。

「神官長！　あなたも少しは手伝いなさい！」

「それは無理でございます。……おぉ、早くせねば皇女殿下の魔法壁が持ちませんぞ！」

「え⁉　……きゃぁぁあ！」

カサンドラの魔法壁に亀裂《きれつ》が入り始め、彼女は慌てて幾重《いくえ》にも魔法の壁を作った。

「さぁ、竜鎮めの祝詞《のりと》を唱えてくださいませ！　皇女殿下」

「そんなのとっくに忘れましたわ‼　カサンドラが早口でまくし立てた。

神官長が暗唱した祝詞を、カサンドラが早口でまくし立てた。竜化病の男の目から虹色の光が失せ、力尽《ちからつ》きたように男はその場に倒れ込む。

「……ああ！　なんておぞましいのかしら！」

カサンドラは気絶した男を睨みつけ、部屋の隅まで後ずさった。

「お疲れ様でございます、皇女殿下。あざやかな手並み、まさに真の聖女に相応しい！」

「なんでもいいから、さっさとその男を片付けなさい！」

鎮めの間に数名の神官が入室してきて、壮年の男を運んでいく。

「ああ、もう！　わたくし、竜鎮めなんて二度とやりたくありません」

「何を仰いますか、皇女殿下。明後日《あさって》には、次の患者が運ばれてくる予定ですぞ？」

カサンドラは顔を引きつらせた。

「…………やりたくありませんわ」

「やってくださいませ。聖女の務めでございます」

「竜化病患者なんて、殺してしまえば良いじゃない‼　一国あたり年間にたったの百名足らずしか発生しない病気でしょう？　わざわざ聖女《わたくし》が治さなくても……」

「な、何を仰いますか！　そんなことをしたら大陸法に背《そむ》くことになりますぞ⁉　まさか皇女殿下、大陸法の第二条をお忘れなのですか……？」

聖女能力者の秘匿《ひとく》を重罪とする大陸法には、第二条というものがある。それは『竜化病患者の不殺』――殺してはならず、聖女の竜鎮めを受けさせろ、というルールだ。竜化病患者の殺害を法王は禁じている。創世神話の〝始まりの竜〟の怨念を深める悪行であるとし、倫理的《りんりてき》にも許されることではないからだ。

竜化病患者が発生すると、民衆が「化け物を殺せ！」とパニックで口走る場面がしばしば見られるが……実際に患者が殺されることはない。民衆が束になってかかっても竜化病患者を殺すのは無理だし、最終的に軍に捕縛《ほばく》されて聖女のもとへと搬送《はんそう》されてくる。

言葉に詰まるカサンドラを、残念そうな目で神官長は見つめている。――エミリアのほうが優秀《ゆうしゅう》だったのに、とでも言いたげな表情だ。

「……神官長。その目をやめなさい」

「はい？」

「そんな目でわたくしを見るなと言っているの！　バカにしないで頂戴《ちょうだい》!!」

とカサンドラは声を張り上げた。だが、叫ぶだけでも疲れてしまう。

「わたくし、帰ります！　今日の仕事はもう済んだのだから良いでしょう!?」

皇城へと帰ろうとしたものの、疲労困憊《ひろうこんぱい》でへたり込んでしまった。周囲の神官達に助け起こされ、カサンドラはよろよろしながら馬車へと乗り込んだ。

（聖女の仕事がここまで過酷《かこく》だったなんて!!　本当に、エミリアのせいで大迷惑よ！……ダフネはまだ、エミリアを生かしているかしら。なんとかエミリアを連れ戻して、竜鎮めだけでもやらせなければわたくしの身が持たない！）

しかし皇城に戻ったカサンドラは、エミリア捜索《そうさく》に関する最新の報告を聞かされた。

「……っ、偽聖女が死んだ？　魔獣に喰われたですって!?」

「はい。脱獄を手引きした女と共に、森の奥で魔獣に喰われた模様です。死体は魔獣の巣にあり、損壊《そんかい》が激しく回収不能……捜索隊が、遺留品だけ持ち帰ってきました」

谷底に突き落とされたような気分で、カサンドラはその報告を聞いていた。殺せと命じておきながら、どこまでも身勝手な皇女である。

実際にはダフネの手による偽装《ぎそう》工作だったのだが、カサンドラには知る由《よし》もなかった。

エミリアが真夜中の地下牢で、マルクの竜鎮めを行った翌朝。

ディオンは領内の神殿に相談しに行くと言って、早朝に出発していった。ディオンの出発を見送ったエミリアは自室に戻り、ソファにもたれてぐったりとする。

「……はぁ。予想外なことばかりで、疲れちゃった。でも、マルクを治せて良かったわ」

これからマルクはどうなるのだろう？　発症を目撃《もくげき》していた人が大勢いたから、「ただの間違《まちが》いで、実際には竜化病ではなかった」と言い張ることは不可能だ。聖女不在のこの国では、竜化病患者を治すには隣国《レギト》に患者を移送するしかない。だから、たった一晩でマルクの竜化病が治るなんて絶対にありえないことなのだ。

（……でも、ディオン様は「後のことは全て任せろ」と言ってくれた。今はディオン様にお任せするしかないわ）

彼の笑顔を思い出すと、ふしぎと安心感が湧《わ》く。低くて伸びやかな彼の声は、思い出すだけで心地《ここち》良い。安心感に包まれるうち、瞼《まぶた》が重たくなってきた。

（また眠くなってきちゃった。竜鎮めの後って、魔力切れで眠くなるのよね。……たまに、疲れて居眠《いねむ》りしてた。ルカのときもそうだったなぁ）

エミリアは眠い目をこすりながら立ち上がり、机の引き出しを開けた。海色の石が嵌まったルカのイヤリングを、大切そうに取り出す。

「ルカったら。内緒にしてって頼んだのに……ディオン様に言うなんてひどいよ」

たしなめるように指先でチョン、とイヤリングをつついた。

(……でも、ルカがディオン様にバラしておいてくれて良かったのかも。おかげで、マルクをこんなに早く助けてあげられた)

ルカに怒《おこ》りたいような、感謝したいような、自分でもよく分からない気持ちだ。

(ルカとディオン様が知り合いだったなんて。二人はどういう関係なのかしら?)

するとルカは責任感がありそうだったから、誰彼構わず秘密を漏らしたりはしないと思う。と、ルカは、ディオンとは親しい間柄《あいだがら》――もしかして親戚《しんせき》かもしれない。瞳の色が同じだし、面立《おもだ》ちもどこか似ている。ただ、ディオンよりも華奢《きゃしゃ》で小柄で、女の子のような透《す》き通《とお》った声をしている子だった。

エミリアはイヤリングを持ったまま、ソファに身を沈めた。ルカとディオンの関係性について思いを巡らせているうちに、そのまま眠ってしまった。

一時間ほど経《た》ったのち、部屋の外からノックが響いた。エミリアは、ノックの音にも目覚めない。しばしの沈黙を挟《はさ》んで、侍女のサラが入室してきた。

「メアリ奥様。失礼します、お茶の用意ができておりますが？」

許可を得ずに入室するなど本来はマナー違反だが、サラは勝手に部屋へと入っていった。女主人であるエミリアを、完全に舐めきっているからである。ソファですやすやと寝息を立てているエミリアを見て、サラは不機嫌そうに眉をしかめた。

（……やっぱり部屋にいるじゃない。昼前から居眠りなんて、本当にたるんだ女。なんでこんな平民女に仕えなきゃいけないのかしら？）

平民のくせに殿下の妻になるなんて許せない——と、サラはいつも思っていた。

サラはフィールズ子爵家《ししゃくけ》という貴族の四女である。フィールズ家はグスマン侯爵家《こうしゃくけ》の流れを汲《く》む貴族であり、子爵家ながらも歴史が古い。だから、自分のほうがエミリアよりも優《すぐ》れているとサラは信じて疑わない。近年フィールズ家の経済状況が芳《かんば》しくないため、サラは嫁《とつ》ぐことができずにヴァラハ領主邸の侍女として働き続けていた。

（私は、ディオン殿下がヴァラハ領にいらしてから三年間、ずっとおそばで仕えてきたわ。だからメアリより私のほうがディオン殿下のことをよく知っているし、殿下を強くお慕《した》いしている。なのに……憎らしい！）

私のほうが殿下に相応しい——そんな思いを抱きかけ、しかしサラは首を振った。

（いいえ、私は愚かなメアリと違って、身《み》の程《ほど》を弁《わきま》えているわ。だから身分不相応な結婚なんて望まない。せめて侍女として、殿下に相応しい奥様にお仕えしたいわ……）

身の程知らずなメアリではなく、殿下に釣《つ》り合う高貴な女性に仕えたい——そんなふうにサラが願っていたちょうどそのとき。

エミリアの掌から何かが零れ落ちた。絨毯《じゅうたん》の上に落ちたそれを、サラが拾い上げる。

(このイヤリングは?)

海青石のイヤリングが、片方だけ。明らかに男性もので、最高級の逸品《いっぴん》だ。

(ディオン殿下からいただいたのかしら。ふん、忌々《いまいま》しい!)

この女が居眠りしている隙に、こっそり盗んでしまおうか。きっと大慌《おおあわ》てするに違いない——そんなことを思っていたとき、エミリアがむにゃむにゃと寝言《ねごと》を呟いた。

「……んぅ、……………ルカ……」

サラの顔が憎悪《ぞうお》に歪む。

(ルカ? ルカって誰よ⁉ まさかこの女、別の男と浮気《うわき》をしてるの⁉ 許せない!

……………いえ、むしろこれはチャンスかもしれないわ)

サラは悪魔《あくま》の笑みを浮かべた。

(このイヤリングを証拠《しょうこ》にして、殿下に浮気を密告してやりましょう。殿下に愛想《あいそ》を尽かされて、屋敷から追い出されるメアリの姿が目に浮かぶわ……!)

殿下が屋敷に戻られたら、すぐに密告しなきゃ——愉悦《ゆえつ》に顔を歪ませながら、サラはイヤリングを握りしめて部屋から出ていった。

その日の夕方、ディオンは神殿から屋敷に戻ってきた。執務室《しつむしつ》で書類仕事を片付けながら、今日一日の出来事を思い返す。

（正気を取り戻したマルクを、無事に神殿に預けられて良かった。状況が落ち着くまでロッサ達も神殿で保護することになったから、とりあえずは一安心だな）

マルクは混乱していたが、すぐに家族と再会できたため平静を取り戻してくれた。

竜化病患者は、治った後も差別的な目で見られることが少なくない。〝化け物〟として恐れられ、社会に拒絶《きょぜつ》されてしまう。神官達が「竜化病は治る病だ」と啓発《けいはつ》しても、やはり人々は侮蔑する。ディオン自身も、父母から冷たい目を向けられた。

自分の過去を思い出し、ディオンは溜息をついた。

（マルクと家族は、ほとぼりが冷めるまで神殿に匿《かくま》うことにしよう。マルクの竜化病に関しては一切の情報を伏せるが、目撃者が多いから元の場所で暮らすのは難しそうだ……。折を見て、領内の別の町で新しい暮らしを送れるように提案するか。今後も、手厚く保護しなければ）

今後のことに思いを巡らせていると、鋭いノックの音がした。許可をすると、ダフネが一人で入室してきた。騎士服を纏った彼女は、ぴしりと最敬礼する。その立ち居振る舞いは、まさに軍人然としていた。

その姿を見て、ディオンは小さく息をついた。

（……まぁ、実際は軍人の演技をしている暗殺者なんだろうけどな。毒を盛る手並みや昨晩の身のこなしは、暗殺者のそれだ。だが、どうして暗殺者がエミリアの従者をしているんだ？　どんな事情が……いや、詮索はルール違反か）

「ディオン殿下。昨晩の非礼、何卒《なにとぞ》お許しくださいませ」

「はて、なんのことだか」

　わざとらしく肩をすくめながら、ディオンは目をすがめた――昨晩のことは不問だと言っただろ？　という気持ちを視線に込める。しかし、ダフネは退かなかった。

「ディオン殿下に、私の知る全てをお話しします。

「聞かないと言っただろう？　過去や素性を問い質さないと、メアリと約束したんだ」

「存じております。だからこそ、私は今から勝手に独り言を垂れ流します」

　ディオンは、彼女の意図を理解しかねて首を傾げた。

「私はこの場で、メアリ様の秘密を一人で勝手にしゃべります。それを殿下が耳になさっても、詮索したことにはなりません」

「……どういうことだ。なぜお前は独り言をする気になった？」

「殿下にお守りいただくのが、彼女の最も安全で幸福な生き方だと確信したためです。殿下はすでにある程度彼女の真相をご存じのようですが……私の情報も役立つはずです」

ダフネはその場にひざまずく。

「彼女は善良すぎて、人を疑うことができません。だから彼女が平穏無事に生きるには、盾《たて》となる者が必要です。……殿下に、その役割をお願いしたいのです」

ダフネは告げた――〝メアリ〟の実名がエミリアであり、聖女カサンドラの変装をして、替え玉として働いていたことを。ディオンにとって、それは既知《きち》の事柄《ことがら》だった。だが、続きを聞いてディオンは眉をひそめる。

「エミリア様は善意で代役を務めているという認識《にんしき》でしたが、実際は都合良く利用されていただけでした。彼女が事実を知ったのは、一人前として働き始めた後のことです」

（……やっぱりな）

「皇帝《こうてい》らの策略により法王からの承認が得られていないエミリア様は、『聖女の力があるのに、聖女ではない』という中途半端《ちゅうとはんぱ》な立場にあります。彼女は逃げ場を奪われ、飼い殺しにされていました。……そしてもし彼女が逃げ出そうとした際、捕縛するのが私の役目でした。私は、皇帝の擁《よう》する暗殺者集団〝皇家の影《かげ》〟に属する者。皇帝の命により、エミリア様の監視役《かんしやく》となりました……表向きは、侍女兼《けん》護衛とされていましたが」

遠い昔を思い返すような表情で、ダフネは鋭い目元をわずかに緩めた。

「あんなちっぽけな子ども、すぐに泣いて逃げ出すだろうと思っていたのですがね。思いのほか、根性《こんじょう》のある子どもでしたよ。エミリア様は」

エミリアは騙《だま》されていたと知ったとき、「利用されるだけじゃなくて、私も皇家を利用し返す」と言ったそうだ。聖女の力を隠して逃げ出すよりも、替え玉のままでもいいから人助けを続けるほうが良い——そう言ったらしい。

……いかにもエミリアらしい考え方だな。と、ディオンは思った。

「エミリア様は偽聖女として人々を支え、そして人々はカサンドラを称賛しました。本物のカサンドラにとって好都合なはずですが、なぜかカサンドラはエミリア様を妬《ねた》んだのです。本当に無茶苦茶な女だ……」

そしてエミリアは投獄《とうごく》された、とダフネは告げた。

「カサンドラはエミリア様の処刑《しょけい》を望みましたが、皇帝の承認が得られなかったため秘密裏《り》に私に命じたのです。エミリア様を脱獄させ、外で殺せと。自由への希望を持たせてから、絶望の谷底に突き落とせ、と」

無表情なダフネの目に、静かな怒りが燃えているのをディオンは見た。

「私はエミリア様と出国し、この国へ逃げました。——あらかじめエミリア様にそっくりな死体を作って、死を偽装してから」

(死体を作る⁉ まさか、エミリアと同じ年頃《としごろ》の娘を殺した訳じゃないだろうな)

ディオンが険しい顔になるのを見て、ダフネはきっぱりと首を振った。

「誰も殺しておりません。墓場の死体を漁《あさ》ったので〝許されざる行為《こうい》〟ではありますが、多少はご容赦《ようしゃ》いただきたい。──そして現在に至ります」

お前はなぜ、皇家を裏切ってエミリアに付いたんだ？　と問いそうになったが、ディオンは口をつぐんだ。……これは全て、ダフネの独り言なのだから。

「殿下のおかげで、エミリア様はようやく穏やかに暮らせるようになりました。……なのに彼女は、困っている人を放っておけないんです。力を隠して自分勝手に生きればいいのに、ついつい力を使ってしまう。まったく、仕方のない人です」

ダフネは溜息をついた。しかし、どこか幸せそうでもある。

「エミリア様が偽聖女として働き続けていたと知る者は、レギト聖皇国内では皇帝と皇后、皇女、皇太子、主神殿の神官長、そして私のみです。エミリア様は隠されていた存在でしたから、ほとんど顔が知られていないのは不幸中の幸いと言えるでしょう。……話は以上です。メアリ様を、どうかよろしくお願いします」

最敬礼の後にダフネが退室すると、ディオンは小さな息を漏らした。

ダフネが何を思って皇家に背いたかは謎だが、それを問《と》い詰める必要はないとディオンは思った。彼女がエミリアを守りたがっているのは明らかだし、エミリアもまた彼女を信頼している。だから、それで十分だ。

（密入国の経緯《けいい》が分かったが……ここまで酷《ひど》い仕打ちを受けていたとはな）

エミリアを守りたい。ここから先の人生は、思い切り幸せにしてやりたい──それが、ディオンの心からの願いだ。

(……そのためには。さて、俺はどうするべきか)

エミリアは、人助けに生き甲斐《がい》を感じている。だから困っている人を放っておけない

……地下牢に忍び込むような無茶をしてでも、助けたくなってしまう。

(要するに聖女の力を隠しつつ、人助けできればいいってことだな? とすると、俺がで

きることは……)

そのとき、再びノックが響いた。ダフネの鋭い叩き方とは違う、女性的なノック音だ。

入室を許可すると、しずしずと侍女のサラが入室してきた。サラは、この屋敷に長く勤め

る侍女である。ディオンと同じ年齢で、よく気が利《き》く有能な女性だ。

普段のサラは清楚《せいそ》な笑みを浮かべて用件を伝えてくるのだが。……今日のサラは、どこ

かが違う。媚《こ》び入るように距離を詰めてくるサラに、ディオンはわずかな嫌悪《けんお》感を覚えた。

「メアリ奥様のことで、大事なお話があります」

「メアリのこと?」

「ええ。奥様に不貞《ふてい》のおそれがあるのです」

不貞だと——? と、ディオンは声を低くした。

「奥様には、愛する男性がいるようです。うたた寝をしながら、愛《いと》しげに男性の名を呼ん

でいました。男性からの贈り物を、大事そうに握りしめながら」

（……⁉　エミリアに好きな男がいたのか⁉　そんなこと、考えてもみなかった）

自分の胸の痛みに気づき、ディオンは戸惑った。ショックが顔に出ていたらしく、サラが哀《あわ》れむような表情をしてきた。とっさに、ディオンは平静な態度を装う。

「話が済んだなら退室してくれ」

「いいえ、まだお話があります。不貞の証拠を手に入れたので、ご覧ください」

ねっとりとした笑みを浮かべて、サラは一粒のイヤリングを執務机の上に置いた。

「これは……！」

ディオンは瞠目《どうもく》した。これは七年前、自分がエミリアに贈ったイヤリングだ。

「メアリ様はそれを握りしめて、幸せそうな顔で眠っていました。愛する男性に贈られたものであることは、態度から明らかです」

（──愛する男性⁉）

「メアリ様は夢うつつに〝ルカ〟と囁いていました。イヤリングの持ち主である、ルカという者を愛しているに違いありませんわ！」

「……⁉　う、嘘だ……まさか、そんなことは……！」

「いいえ、絶対に愛しているはずです‼」

ディオンは激しく動揺していた。

（エミリアが、俺《ルカ》を愛している⁉　ありえない。エミリアは『ルカはただの友達だ』って言ってたぞ。勝手にヴェールをめくって顔を触ってきた、変態みたいなガキだって……）

実際に変態とまで言われたか定《さだ》かではなかったが、ディオンは混乱していた。

口元を手で覆って黙《もく》するディオンを見て、サラは彼がショックを受けていると勘違《かんちが》いをしたらしい。

「おかわいそうなディオン殿下。あのような平民女はお捨てになって、新しい妃《きさき》を迎えてはいかがです？　あなたに相応しい女性は必ずほかに――」

「返してこい」

硬《かた》い声音で命じられ、サラはぽかんとしていた。

「メアリに今すぐそれを返してこい！」

いきなり怒鳴られて、サラは「ひっ……！」とすくみ上がった。

「早く行け!!」

ディオンの剣幕《けんまく》に圧《お》されて、サラはあたふたと退室していく。

一人きりになったディオンは、脱力して執務椅子に身を沈めた。

（エミリアがルカを覚えていただけでも、想定外なのに。まさか……俺《ルカ》を好きだと？　今すぐ本人に確認したい。いや、ダメだ、過去を詮索しない約束だ）

思考がまとまらず、頬がやたらと熱くなる。

（しかもエミリアは、〝ルカ〟が俺だと気づいていない。……俺はどうしたらいい？　こ

のまま〝ディオン〟で通せばいいのか？　それとも〝ルカ〟だと明かすべきか⁉）

答えの出ない問いかけを頭の中で繰《く》り返しながら、ディオンは天井《てんじょう》を仰《あお》いでいた。

（…………やっぱり、俺から余計なことを言うのはやめよう。エミリアが気づくまで、今まで通りに振る舞うのが、一番だ）

延々と悩み続けた末に出した結論は、それだった。


レギト聖皇国、皇城にて。カサンドラは激務の末に体調を崩し、寝込んでいた。

（どうして何もかも上手く行かないの⁉　わたくし、もうこんな暮らしには耐《た》えられない！　やっぱり聖女になんて生まれなければ良かった！）

激務の末に――というのは真っ赤な嘘だ。実際はただの仮病《けびょう》であり、自分の部屋で頭から布団《ふとん》をかぶってイライラしている真っ最中である。

聖女の仕事は、先週からずっとサボっていた。巡礼者《じゅんれいしゃ》への癒しは全て神官達に代行させ、竜鎮めは完全にストップ状態だ。

（もう嫌、もう嫌‼　竜鎮めなんて怖いし疲れるし、もう絶対にやらないわ！）

国内の竜化病患者が四人ほど皇都の主神殿に送られてきたが、全員神殿内で待機させせられている。ちなみに、隣国からの患者も、あれこれ理由をつけて先延ばしにしている。

（悔《くや》しいけれど父上達の言う通り、わたくしのような高貴な者には聖女の現場仕事なんて向いていなかったのね。……まぁ、このまま仮病で寝込み続けていれば、いずれ他国派遣中のほかの聖女が呼《よ》び戻されてくるでしょう）

大陸西部には現在九人の聖女がおり、全員がレギト聖皇国出身だ。カサンドラ以外の八人は現在、他国に派遣されている。

身も蓋《ふた》もない言い方だが、レギト聖皇国は聖女のレンタル事業《ビジネス》で成り立っている国だ。国土が狭《せま》くて資源が乏《とぼ》しく、軍事力も低い……そんなレギト聖皇国が西側諸国の盟主を務めているのは、法王の意向であると共に西側唯一の〝聖女産出国〟だからだ。聖女は、国家間のパワーバランスを左右する貴重な人的資源なのである。

（早くほかの聖女が呼び戻されてこないかしら！　父上は『レンタル中の聖女を無理に引き上げると、相手国との関係が悪くなるから難しい』と仰っていたけれど……。わたくし、いつまでも仮病を続けるなんて嫌！　こんな事になるなら、エミリアを殺さなければ良かった。追《お》い詰められていたとはいえ、一時の激情に駆られて判断を誤るなんて、わたくしったらなんてバカなことを……）

布団をかぶって悶々《もんもん》と考え続けるカサンドラに向かって、ふいに柔らかな男声が投じられた。

「辛そうですね、カサンドラ様。あなたの一日も早いご快復を、僕は祈っています」

その声を聞き、カサンドラは布団の中でびくりと震えた。声の主は、婚約者《こんやくしゃ》のレイス・ドルード公爵《こうしゃく》令息。数時間前からずっと、この部屋に見舞《みま》いに来ていた。

（レイスったら。もう帰っていいと言ったのに、『心配だから』とか『あと少しだけ』とか言って、全然出て行こうとしないんだから。まぁ、それだけ愛されているということだろうから、悪い気はしませんけれど……）

だが元はと言えば、レイスが偽聖女《エミリア》のヴェールをめくったのが事の発端《ほったん》だった。そのせいで、辻褄《つじつま》を合わせるためにカサンドラ自身が働く羽目になったのである。

レイスは偽聖女に関するカサンドラの説明を信じたらしく、カサンドラを疑うそぶりはまったく見せない。……でも、本当に彼は話を信じてくれたのだろうか？　――カサンドラは内心、不安でたまらない。

「ねぇ、レイス？　……あなたは本当に、わたくしを愛してくれますか？」

「どういう意味ですか、カサンドラ様」

「……最近わたくしは、聖女の仕事が、あまりうまく行かなくて。仕事を休んだり、神官にやらせたりしているでしょう？　民や神官がわたくしを見る目が少し冷たくて、わたくしは不快なのです。本当は、もう二度と聖女の仕事なんかやりたくないと思っています。……こんなわたくしでも、あなたは本当に愛してくれますか？」

レイスは、包み込むように愛おしげな笑みをカサンドラに向けた。

「勿論、愛しています。僕はいつでもあなたを支えますよ、カサンドラ様」

「まぁ……！　あなたは本当に優しいのね。どうしてそんなに想《おも》ってくださるの？」

甘い愛の言葉を期待して、カサンドラはレイスを見つめた。

しかし――。

「それは勿論、僕が聖女であるあなたを、心から敬愛しているからです！」

大きな笑顔でまっすぐに言われ、カサンドラはびきりと固まった。

「カサンドラ様は幼い頃から神殿で働き詰《づ》めでしたから、仕事を休みたくなるのも当然です。しっかり休めば必ず元気になりますし、これまで通りに聖女として活躍できるようになりますよ。僕は聖女をしているときのあなたを見るのが、大好きなんです」

カサンドラを励ますつもりなのか、レイスは明るい声で思い出話を始めた。

「僕が初めて神殿であなたを見たのは、十三歳のとき。僕とそう年が変わらず、しかも皇女という尊い身分でありながら民《たみ》に寄り添うあなたの姿に、僕は心を奪われました」

――それ、わたくしじゃありませんけど⁉　と、カサンドラは心の中で絶叫《ぜっきょう》する。

一方のレイスは、苦笑しながら説明を加えた。

「実は聖女姿のあなたを拝見するまでは、僕はあなたに苦手意識を持っていました。でも聖女としての純粋なあなたを見て、僕は気づいたのです。聖女カサンドラ様こそが、真のあな、あなたなのだと。皇女としてのあなたが居丈高《いたけだか》に振る舞うのは、皇族という立場を意識してのことなのでしょう？　大丈夫、僕はちゃんと真実のあなたを見ていますよ」

——ビキビキィッ。と、何かが割れる音が聞こえた。

なんの音が？　どこから？　……決まっている。レイスへの恋心《こいごころ》が割れ砕《くだ》ける音が、カサンドラの胸の中からだ。

「お黙りなさい、レイス!!」

びくりと身をこわばらせるレイスを睨みつけ、カサンドラは憎らしげに怒鳴った。

「今すぐ出て行きなさい！　あなたとの婚約は破談にします！」

「ええ!?　カサンドラ様、落ち着いてください、いきなり何を——」

彼女が怒り心頭で呼び鈴《りん》を振ると、部屋の外にいた護衛の騎士が入室してきた。

「レイスをつまみ出しなさい！　それから父上を呼んで頂戴!!」

護衛騎士は、「カサンドラ様!?　カサンドラ様——！」と叫ぶレイスを無理やり連れ出していった。

しばらくして、驚いた様子の皇帝が部屋に現れる。

「カサンドラよ！　ドルード公爵令息との婚約を破棄《はき》とは、一体何事だ？」

「だって、父上!!　わたくしは、わたくしは——」

うわぁぁぁ——と、カサンドラは子どものように泣き始めた。

「レイスが悪いのです！　あの男はわたくしではなく、エミリアを愛していたのです!!」

「な、なんと。それは誠《まこと》か!?」

「はい。だからあの男との婚約は破棄せざるを得ません！　それが皇家のためです!!」

「う、うむ。分かった。レイスとの婚約は、うまく理由をつけて破談にしよう。多少揉《も》めるだろうが、替え玉の件を蒸《む》し返される危険と天秤《てんびん》にかければ迷うまでもない」

「替え玉を隠すために頑張っていたのに！　やっぱりわたくし、聖女なんかに生まれたくなかった……二度も愛を失うことになるなんて。もう絶対に聖女の仕事なんかしません」

カサンドラの言う〝二度〟とは、ディオンとレイスのことだった。普通の皇女に生まれていたら、聖女のしがらみに悩まされずに愛されていたはず——というのが、カサンドラの持論である。

「よしよし、泣くなカサンドラ。すぐにお前に相応しい婿《むこ》を用意してやるから」

この父親は無能《ぼんこつ》で、しかもカサンドラに甘かった。娘を聖女の職務に従事させるためには、婿を探して機嫌《きげん》を取らなければならない——と、皇帝は考えた。

「……そうだな、優秀で国益につながる男が良い。少し探してみるとしよう」

その言葉に、カサンドラは目を輝かせた。

「でしたら心当たりがあります!!　隣国のディオン王子が良いです！　子どもの頃に何度か会ったきりですが、彼を気に入っておりましたの。気品があって、美しくて！　それに隣国の王家と縁付《えんづ》けば、国益に直結しますでしょう？」

「……ディオン王子だと？　いや、しかし、彼はもう……」

難色を示す皇帝に、前のめりの姿勢でカサンドラは言い募《つの》る。

「彼はもう王子ではなく、王弟だと言うのでしょう？　勿論存じています。六、七年前まで婿《むこ》入りを幾度《いくど》か打診《だしん》してきたけれど、そのたびに『第一王子を婿入りさせることはできない』と辞退されたのでしたわね。でも、今は状況が違うでしょう。彼は王弟となり、ヴィオラーテ女王が子どもを二人も産んでいるから、継承者には困らないはずです」

カサンドラは幼い頃、ディオンに片思いをしていたのだ。

しかしディオンとの婚約は実現せず、結局は他《レイス・ドルード》の男が婚約者として抜擢《ばってき》されることになった。

「それで、ディオン殿下は今、どうしているのです？」

怠惰《たいだ》で自分のことにしか関心のないカサンドラは、情報収集に疎《うと》かった。しかも、レイスとの婚約を受け入れた時点でディオンへの興味も一度は失せた。だから、ディオンが結婚したことを、彼女は知らない。

「……………結婚したぞ。つい最近のことだが」

夢見る乙女《おとめ》のような表情をしていたカサンドラの顔が、ぐしゃっと歪んだ。

「ディオンは平民女に入れ込んで、妃にしてしまったそうだ。こんな結婚は王家の醜聞だから、公的な話題としても避けられているし婚姻祝典も催《もよお》されていない」

「な、なな、な………なんなんですの、そんなバカげたことがありますか⁉」

カサンドラはワナワナと震えながら、声を裏返らせた。

「しかし事実だ。わしとて、ディオンが未婚《みこん》ならぜひ婿にしたいところだ――ログルムントの広大な国土も鉱山資源も、喉から手が出るほど欲しい。婿入りを機に両国間の関係を密に、ひいてはログルムントを従属国に据《す》えられたらどれほど良いか」

カサンドラも皇帝も、不満そうに溜息をついた。するとそのとき――。

「父上。それならば、ディオンをカサンドラの婿にすれば良いではありませんか」

部屋の入り口で声が響いた。カサンドラに似た面立ちの美青年――皇太子ヘラルドだ。

「ヘラルドよ。そなた、いつから入室していたのだ？」

「ノックはしましたよ？　大声で盛り上がっていた父上と妹には聞こえなかったようですが。……まったく、国政に関わることを大声で話し合うのはやめていただきたい」

ふう――。と、嘆《なげ》かわしげに息を吐《は》くと、ヘラルドは皇帝達のそばにやってきた。

「まったく。ドルード公爵令息との破談といい聖女職務の怠慢《たいまん》といい、カサンドラには困ったものだ。父上はカサンドラを甘やかしすぎですよ？　しかし――」

涼《すず》やかな美貌《びぼう》にずる賢《がしこ》そうな笑みを浮かべ、声を落として彼は囁く。

「父上のお考え通り、ディオンを婿にすればログルムントの属国化が将来的な視野に入ります。だからこそ、ぜひ実現させたいところ——そこで僕に妙案《みょうあん》があります」

「しかし、ディオンには妃がいるではないか」

「その妃を排除《はいじょ》すれば済む話です。相手の女は平民なのでしょう？」

と、ヘラルドは即答した。

「後《うし》ろ盾《だて》のない平民など、排除するのは簡単です。あからさまに皇家が圧力を加えたら体《てい》裁《さい》が悪いですから、裏で手を回しましょう。〝皇家の影〟を数名、僕に貸してください」

「ああ。かまわぬが……」

「ログルムント貴族に、僕が懇意《こんい》にしている者がいます——その者に〝影〟を預けて動かそうかと。平民女について探《さぐ》らせ、タイミングを見て排除させます。それと同時進行で、カサンドラとディオンが接触《せっしょく》する機会を作ってください」

「……どういうことですか、兄上？」

「ディオンをこの国に招くのさ。そしてカサンドラと親交を深めさせ、結婚につなげる」

「ディオン殿下に会えるんですの⁉　でも、どうやってお招きするのですか？」

声を弾ませるカサンドラに、ヘラルドは釘を刺した。

「おいおい。お前は〝病人〟なんだから、そんなに元気に振る舞うんじゃない。いいか？——カサンドラは聖女の激務に疲れて、寝込んでいるんだ。だから、ディオンに見舞いに来させる。ログルムントに使者を送って、見舞いに来るよう要求するのさ。そして、見舞いに来たディオンとお前は心を通わせる――その結果、カサンドラは気力を取り戻して元気になる。そして再び、聖女として元気に働き始める」

「……え？」

ヘラルドは出来の悪い生徒に教える教師のような目つきで、説明を加えた。

「カサンドラ。僕の采配《さいはい》によって、お前は望む男と結婚できるようになるんだぞ？　僕に恩義を感じるのなら、今後はまじめに聖女の仕事をこなせ。エミリアを失った以上、聖女をするのはお前の義務だ。……そもそも、お前が血迷ってエミリアを投獄したりしなければ、こんな騒ぎにはならなかったんだ。自業自得《じごうじとく》だ、責任を取れ」

気まずそうに、「……う、」とカサンドラが口をつぐむ。

「お前がきちんと聖女をしないと、皇家の評判が落ちるんだよ。巡礼者の癒しのように代理の利く業務は、神官に押し付けていい。だが、聖女にしかできない竜鎮めの業務は、お前がやれ。承知しないなら、僕はお前の結婚に協力しない」

「……う、うぅ……分かりましたわよ！」

観念した様子でカサンドラがうなずくと、皇帝は目を見開いて息子に拍手を送った。

「おぉ、見事な手腕《しゅわん》だヘラルド！　カサンドラに聖女の仕事をさせると同時に、ログルムントとの外交まで推《お》し進《すす》めるとは……！　お前はやはり頭が良いなぁ！」

「今後の方針が決まって、僕も安心しましたよ。それではまず、ログルムント王国の女王に書簡を送ってください。『病床《びょうしょう》の身にある聖女カサンドラが、ディオン殿下との面会を望んでいる』と。『病状が重くて快復が見込めるまでは貴国からの竜鎮めは受け入れ不能だ』とも明記してください」

要するに見舞いに来ないと竜化病患者を治してやらないぞ、という遠回しな脅《おど》しだ。

「よし、分かった。ヘラルドの提案通り、今すぐ女王に書簡を送るとしよう」

涼やかに微笑《びしょう》しながら、ヘラルドは心の中で悪態をついていた。

（……まったく、無能な家族を持つと苦労が絶えないな。この国は将来僕が治めるのだから、今から備えをしておかないと）

恋《こい》に胸をときめかせる皇女カサンドラと、隣国の属国化を狙って浮かれる皇帝。悪知恵《わるぢえ》を働かせて地盤《じばん》固めを図《はか》る皇太子ヘラルド。三者三様の思惑で、彼らはほくそ笑んでいた。

第三章 ❖ あなたと王都へ

エミリアが竜鎮《りゅうしず》めを行ってから、二週間が過ぎていた。マルクとその家族は状況《じょうきょう》が落ち着くまで神殿《しんでん》内で保護されており、エミリアの周囲では平穏《へいおん》無事な生活が続いている。

「おーい。メアリ、そろそろ出かけるぞ?」

領主夫人用の私室の外から、ディオンが明るい口調で呼びかけてきた。

「はい! もうちょっとだけ待っててください、ディオン様!」

掌《てのひら》の上のイヤリングに、エミリアは「じゃあ行ってくるね。ルカ」と囁《ささや》きかけた。

——二週間前、うたた寝《ね》をしているときにエミリアはこのイヤリングを失《な》くしてしまった。半泣きで探していたら、侍女《じじょ》のサラが謝罪しながら差し出してきたのだ。

盗《ぬす》みに激怒《げきど》したディオンはサラを解雇《かいこ》しようとしたが、エミリアがそれを止めた。

(だって、サラは謝ってくれたもの。むしろ、大事なものをうっかり落とした私が良くなかった。今度から気をつけようっと)

かつてエミリアが癒《いや》した人々の中には、盗みなどの罪を犯《おか》した人も含《ふく》まれていた。罪を悔《く》いてまっすぐ生きようとする彼らを多く見てきたから、エミリアは、人間はやり直せる生き物だと知っている。サラもやり直せるはず――エミリアは、そう考えた。

「お待たせしました、ディオン様」

「それじゃあ、早速《さっそく》出発しよう。馬車の準備もできているよ」

今日は、二度目のデートをしようとディオンが誘《さそ》ってきた。走り出した馬車には、護衛役のダフネが並走《へいそう》している。

「メアリを案内したい場所があるんだ。きっと、喜んでくれると思う」

馬車に揺《ゆ》られながら、エミリアは彼の端整《たんせい》な横顔を見つめた。

（……ディオン様は私の素性《すじょう》を知っているのに、全然その話題に触《ふ》れようとしない。どこまでも〝知らないフリ〟を貫《つらぬ》き通《とお》して、私を守ってくれるつもりなんだわ）

〝聖女能力の保有者〟の秘匿《ひとく》は重罪だ――一般人《いっぱんじん》でも知っているルールなのだから、王弟であるディオンが知らないはずがない。つまり彼は、リスクを抱《かか》えながらもエミリアを匿《かくま》ってくれているのだ。

彼にこれ以上迷惑《めいわく》をかけないためにも、二度と力を使ってはいけない。病気やケガの人がいても、今後は魔法《まほう》以外の方法で手を差《さ》し伸《の》べなければ――エミリアはそう思った。

「なんだ？　俺の顔じっと見て。惚《ほ》れたか？」

「ち、違《ちが》いますってば」

目が合ってしまい、弾《はじ》かれたように視線を逸《そ》らした。勝手に、頬《ほお》が熱くなる。

（……それにやっぱり、ディオン様とルカは顔が似てる）

すっきりと通った鼻梁《びりょう》。切れ長の目。何より、海色の澄《す》んだ瞳《ひとみ》がそっくりだ。

（ディオン様の筋肉を減らして髪《かみ》を黒くして、十年分くらい幼くしたらルカと見分けが付かないかも。………ハッ‼）

エミリアはふと、とんでもないことに思い至った。愕然《がくぜん》として、ディオンを見つめる。

「な、なんだよ急に」

「私、今さら気づいちゃいました！　……でも……まさか、そんな、」

「気づいたって……何に？」

「どうしよう……私、心の準備が。だってまさか、ルカが………」

「……！　ルカが、なんだよ。言ってみろよ」

「でも……違ったらすごく失礼ですし……」

「良《い》いから。言ってくれ」

緊張《きんちょう》した顔で、エミリアはごくりと唾《つば》を呑《の》む。ディオンの美貌《びぼう》にも、緊迫《きんぱく》が漂《ただよ》っていた。

「ルカは……。ルカは、もしかして……ディオン様の弟なんじゃありませんか⁉」

「はぁ？」

「だって、ルカとディオン様ってすごく似てますし！　……でも、女王陛下のご兄弟はデイオン様だけのはず。とするとルカは、まさか先王陛下の……隠《かく》し子《ご》⁉　ご、ごめんなさい私ってば、王家のスキャンダルを‼　あわわ」

がっくりして溜息《ためいき》をついてから、ディオンはエミリアにでこぴんをした。

「あわわ、じゃねぇわ。勝手に俺の身内を増やすな。弟なんていねぇよ」

「そうでしたか。とすると従弟《いとこ》とかですよね？　……ルカに会わせてくれませんか？」

「絶対に会わせねえ」

「ええ⁉　意地悪言わないでくださいよ、ディオン様！」

二人が大騒《おおさわ》ぎしているうちに、馬車は目的地に到着《とうちゃく》していた——。

ルカの話題を強制的に切り上げると、ディオンはエミリアを馬車の外へと導いた。開けた丘《おか》の上に、防壁《ぼうへき》に囲まれた要塞《ようさい》のような建造物が佇《たたず》んでいる。

「ここはヴァラハ駐屯《ちゅうとん》騎士団《きしだん》本部。君を案内したいのは、この敷地《しきち》内にある〝病院〟だ」

病院？　と首をかしげるエミリアと、護衛のダフネを連れてディオンは歩き出す。

「ここが病院だ。院内には重傷者が運び込まれることが多い」

「そうなんですね。でも、どうして私を病院へ？」

「君が、優秀《ゆうしゅう》な回復魔法士だからだよ」

要領を得ずにきょとんとしているエミリアに、ディオンはそっと耳打ちをする。

「聖女の力を小さく抑えれば、並みの回復魔法士くらいの魔力《まりょく》に見せかけることもできるんじゃないか？　聖女の仕事は無理だが、回復魔法士として人助けをすることはできる」

エミリアは息を呑んだ。ディオンはダフネも近くに来させて、彼女達に告げる。

「メアリに『力を隠せ』と言っても、困っている人を見たら使わずにいられないだろ？　それなら完全に隠そうとはせず、回復魔法士として働くのが妥協《だきょう》点だと思うんだ」

院内にも回復魔法士はいるが、人手不足でな。——と、ディオンは付け加えた。

「軍の病院は情報統制が行き届いているから、万が一メアリが気合いを入れすぎても情報が洩《も》れる危険は少ない。……とはいえ、バラすようなマネは避《さ》けてほしいが。それに力を抑《おさ》える以上、以前と同じレベルで働くのは無理だ。だから、今後もし竜化病患者《りゅうかびょうかんじゃ》に出会っても、正規の流れでレギト聖皇国《せいこうこく》に送らなければならない。……君に残酷《ざんこく》な頼《たの》みをしている自覚はあるが、それでも聞き入れてほしい」

竜鎮めは聖女にしかできないが、回復魔法は聖女以外にも可能だ。だからエミリアには軍の病院に所属する回復魔法士となって活躍《かつやく》してほしい。それが、ディオンの提案だ。

「きっと君は、力を出し惜《お》しみすることに罪悪感を覚えると思う。……だがそこは、俺を助けるためと思って我慢《がまん》してくれないか。君の辛《つら》さは、俺も一緒《いっしょ》に背負うから」

無言で棒立ちしているエミリアを、ディオンは気遣《きづか》わし気に覗《のぞ》き込んだ。

「メアリ。それじゃあ不満か？」

「……ディオン様!!」

目を潤《うる》ませて、エミリアはディオンに飛びついていた。

嬉《うれ》しい。自分の力を活《い》かして人の役に立てるのが嬉しい――できる範囲《はんい》は限られていても、ゼロではないのだ。それに、彼の優しさが嬉しい。全部が嬉しくてたまらなくなり、エミリアはディオンを抱《だ》きしめる手に力を込《こ》めた。

「私、頑張《がんば》ります。すごく嬉しいです」

「そ。そうか。……良かったよ」

エミリアは彼にしがみついていたが、ふと我に返って腕《うで》を離《はな》した。ディオンも落ち着かない様子で、うろうろと視線をさまよわせている。初々《ういうい》しい二人のやりとりに、ダフネは小さく息を吹《ふ》き出した。

「……え。ダフネ、今、笑った？」

「笑っておりません」

「ううん、今、笑ったよね!?　私、ダフネが笑うの初めて見たよ？」

「気のせいかと」

そんなやりとりをしながらも、エミリアは幸せを噛《か》みしめていた。

勤務についての打ち合わせを病院内で済ませたのち、エミリア達は領主邸《てい》へと戻《もど》った。

今は執務室《しつむしつ》内で、ディオンとエミリア、そしてエミリアの〝父親役〟であるグレイヴ・ザハットの三人だけで打ち合わせ中だ。設定上の父娘《おやこ》である以上、ザハットにもある程度の情報は共有しておいたほうがいい——というのがディオンの判断だった。

「——という訳だ、ザハット。メアリは回復魔法の心得があり、彼女自身も病院内での勤務を望んでいる。領主夫人としては異例かもしれないが、彼女の意志を尊重したい」

「かしこまりました。我が娘《むすめ》メアリよ、存分に励《はげ》むが良い」

ドアをノックする音が響《ひび》き、ディオンの許可の後に家令が入室してきた。

「旦那様《だんなさま》。王室より来月の〝夏華祭《げっかさい》〟の招待状が届いております」

「夏華祭？　あぁ、もうそんな季節か」

ディオンが、鬱陶《うっとう》しそうに眉間《みけん》にしわを寄せる。

「俺は今年も行く気はないし、招待状は不要だと前に伝えたはずなんだがな」

家令はディオンに招待状を手渡《てわた》しながら、もう一つの用件を告げてきた。

「今回は招待状だけでなく、ミカエル王配殿下《でんか》からの書簡も到着しておりますが」

「義兄上《あにうえ》から？　それは珍《めずら》しいな」

ディオンに手紙を手渡すと、家令は退室していった。怪訝《けげん》そうな顔をしながら封筒《ふうとう》の封《ふう》を切るディオンに、ザハットが声をかける。

「ディオン様、我々は退出いたしましょうか」

「いや、そのままで構わない。どうせ大した用事じゃないだろ――」

手紙を読み始めたディオンの顔が、徐々《じょじょ》に曇《くも》っていく。――良くないことでも書いてあったのだろうか？　やがてディオンは、長い息を吐《は》き出《だ》した。

「女王陛下が……姉上がお倒《たお》れになったそうだ」

ザハットとエミリアが同時に顔をこわばらせる。

「宮廷《きゅうてい》医師が診断《しんだん》したが、倒れた原因はよく分かっていないらしい。『ただの過労と思われるが、念のための報告だ』と義兄上の手紙には書いてある。俺が顔を見せたら、姉上も喜んで元気になるに違いない――とも」

ディオンの声は硬《かた》い。姉を心配する気持ちが、態度に滲《にじ》み出《で》ている。

「姉上は幼い頃《ころ》、病弱でよく倒れていた。成人前には健康になられて、ここ十年以上は倒れることもなかったんだが。……やはり心配だな。王都に戻るのは気が進まないが、夏華祭に参加するという名目で様子を見てくるよ。姉上の不調は内々の情報だし、普段《ふだん》王都に近寄らない俺がいきなり見舞《みま》いに行ったら悪目立ちするだろうから」

出発の準備をしないとな――と溜息をつくディオンに、エミリアは声をかけた。

「私もディオン様に付いていってもいいですか？」

「それは構わないが、なぜ――」

「だって私、回復魔法士ですから！」

勿論《もちろん》、聖女として全力で回復魔法を使うようなことはしない。だが、力を抑えたとしても、自分は役に立てるはずだ。

「……メアリ。君の言葉に甘えてもいいか？」

深くうなずくエミリアに、ディオンは柔《やわ》らかな笑《え》みを浮《う》かべた。

ヴァラハ領から馬車の旅路で一週間。ディオンとエミリアの乗った馬車は王都に入り、まもなく王城に到着する。後続の馬車には侍従《じじゅう》や侍女が乗り、馬車の周囲には護衛の騎《き》士《し》が同行していた——ダフネと〝父親役〟のザハットも含まれている。

「もうすぐ着くぞ、メアリ。長旅で疲《つか》れたろう？」

「大丈夫《だいじょうぶ》です。それよりディオン様、今日は装《よそお》いが優雅《ゆうが》ですね。王族っぽいです」

「実際、王族だしな。女王に謁見《えっけん》するなら、この程度の身なりは必要だよ」

エミリアの隣《となり》には、礼装のディオンが座っている。絹のジャケットは落ち着いたベージュで、馬車の窓からときおり吹き込む陽光に、淡《あわ》く溶《と》け込む上品な逸品《いっぴん》だった。白いシャツの袖《そで》には繊細《せんさい》なレースが揺れていて、革手袋《かわてぶくろ》やブーツも職人の巧《たく》みな仕事が窺《うかが》える。胸元《むなもと》のブローチには王家の紋章《もんしょう》が輝《かがや》き、きらびやかで美しい。

「身に纏《まと》うオーラも違うような……物静かで、普段のディオン様とは別人みたいです」

「ああ、まあ今日の俺は〝マナーモード〟だ」

マナーモード？　とエミリアは首をかしげる。

「こう見えて、俺でも最低限のＴＰＯは弁《わきま》えているんだ。だが君も今日は雰囲気《ふんいき》が違うじゃないか。どこからどう見ても〝王弟妃《おうていひ》〟だ。とても綺麗《きれい》だよ」

柔らかな笑みを向けられて、エミリアは落ち着かなくなり目線を逸らした。今の彼女は、しなやかな仕立ての青いドレスを纏っている。空に溶け込む大海原《おおうなばら》のような、緑を帯びた優しい青——それはディオンの瞳を思わせる海の色だ。ドレスやネックレスにあしらわれている宝石は、陽光を受けて波間の泡沫《ほうまつ》のようにきらめいている。

「姉上に君を見せるのが楽しみだ。なんだかんだ言って、俺がどんな女性を娶《めと》ったか気にかけていたらしい。君が妃《きさき》なら、俺も鼻が高いよ」

どう返事をすべきか分からず、エミリアは顔を赤くして言葉を探していた。

「……ディオン様。私、お嫁《よめ》さんとして〝親族顔合わせ〟に来た訳じゃありませんよ？回復魔法士として、女王陛下の病状を拝見するために同行するんです」

「分かっているよ。ありがとう、頼《たよ》りにしている」

優しく笑うディオンの横で、エミリアは気を引《ひ》き締《し》めていた。

（……よし！　力を出しすぎないように調節しながら、頑張ろうっと）

王城に着いた二人は、謁見の間へと通された。壇上《だんじょう》に二つ並んだ玉座には、女王ヴィオラーテと王配ミカエルの姿がある。ヴィオラーテはディオンと似た美貌の持ち主で、年《ねん》齢《れい》は二十代の後半。ミカエルも同年代で、端整《たんせい》な面立《おもだ》ちは穏《おだ》やかで理知的だ。

「久しいですね、ディオン。元気そうで何よりです」

「姉上の寛大《かんだい》なるご治世により、私を含め民《たみ》一同が心穏やかに暮らせております」

温かな笑みを讃《たた》えて、ディオンが答えた。ディオンとタイミングを合わせ、半歩下がった位置のエミリアも深々と礼をする。女王は、エミリアに視線を向けた。

「姉上、これが私の妻のメアリです」

ヴィオラーテが、嬉しそうに目を細める。

「私に義妹《いもうと》ができるなんて、本当に嬉しいわ。ディオンをよろしく頼みます」

女王に「光栄でございます、陛下」と答えつつ、エミリアは落ち着かなかった。

(実は私、数年前に偽《にせ》聖女として女王陛下に謁見したことがあるのよね。変装してたから、同一人物だとは思わないだろうけど。……良かった、やっぱりバレてないみたい)

エミリアがホッとしている間にも、女王とディオンの会話は続いている。

「あなた達の結婚式を祝うこともできず、申し訳なく思っていました」

「いいえ姉上。式を最小限にしたのは、私の希望です。ご迷惑ばかりの弟で済みません」

「そんなことはありませんよ。あなたは私にとって、大切な弟ですもの」

和《なご》やかな雰囲気の中、ディオンが話題を切り出した。

「それはそうと、今日は姉上に土産《みやげ》をお受け取りいただきたいのです。こちらではお渡《わた》しするのが少々難しいので、場を変えてもよろしいでしょうか」

彼らは謁見の間を出て、王城最上階にある女王の私室へ移動した。侍女や護衛は部屋にはおらず、今いるのは女王と王配、そしてディオンとエミリアだけだ。

「姉上。土産というのは、メアリの回復魔法なのです」

ヴィオラーテは少し目を見開いて、驚《おどろ》いている様子だった。

「どういうことかしら。それに、メアリは回復魔法を使えるのですか？」

「ええ、彼女は回復魔法士です。実は義兄上から、姉上がお倒れになったとご連絡《れんらく》をいただきまして。メアリが姉上の役に立ちたいと言うので、こうして連れて参りました」

「まぁ、ミカエルったら！　ディオンには内緒《ないしょ》にしてと言っていたのに」

不本意そうな表情のヴィオラーテに、ミカエルは微笑《びしょう》しながら謝っていた。

「済まなかったね。だが、君も弟の顔を見たら安心するだろう？」

「それはそうですけれど……」

ディオンに促《うなが》されてソファに座った女王の傍《かたわ》らに、エミリアがひざまずく。

「メアリ、わざわざごめんなさいね。それじゃあ、お願いするわ」

エミリアは深く礼をして、ヴィオラーテの右腕《みぎうで》を静かに取った。目を閉じて心を研《と》ぎ澄まし、ヴィオラーテに回復魔法を施《ほどこ》していく。

数分ほどの沈黙《ちんもく》の後、「終わりました」とエミリアは囁いた。

「ありがとう、メアリ。なんだか体の中がとても温かいわ。疲れが取れたみたい」

力の抜《ぬ》けた笑顔《えがお》を浮かべるヴィオラーテに、エミリアも安堵《あんど》の笑みで答える。

「ご安心ください、ヴィオラーテ陛下。陛下には病の影《かげ》は、見られませんでした。先日お倒れになったのは、疲労《ひろう》が原因と断言できます。体内の血液循環《じゅんかん》を良くして疲労物質を取り除くため、末梢《まっしょう》に重点的に魔力を注いで体を温めるようにしました」

「まぁ、素晴《すば》らしいわ！　宮廷医師は原因不明だと言っていたのに……」

「回復魔法に熟達した者であれば、体内の魔力の巡《めぐ》りを見て、不調の箇所《かしょ》や原因を探《さぐ》ることが可能です。失礼ながら、王城にお抱えの回復魔法士はいらっしゃらないのですか？」

「ええ。神殿の神官を呼ぶことは可能ですが、民の癒しを優先させています」

「陛下がお倒れになっては、国が立ちゆきません。どうかご無理をなさらないでください」

ヴィオラーテはとても嬉しそうにして、エミリアに感謝を述べた。

「ディオン、あなたの妻がこんなに素晴らしい女性だなんて。私はとても安心しました」

「ええ。私にとって、自慢《じまん》の妻ですので」

まっすぐな視線を向けてくるディオンに、エミリアはやはり恥《は》じらってしまう。

「おかげで元気になったわ。それじゃあ、溜《た》まっていた仕事を片付けてしまおうかしら」

力強くソファから立ち上がるヴィオラーテを、苦笑《くしょう》しながらミカエルが止めた。

「私が代わるから、君はまだ休んでいるといい。無理をしてまた倒れたら大変だ」

「ありがとう、ミカエル。それでは少し甘えさせてもらいます」

仲睦《むつ》まじい姉夫婦《ふうふ》の様子を見て、ディオンの顔にも笑みが零《こぼ》れる。

「姉上、義兄上。我々の用は済みましたので、これで失礼します。――行こう、メアリ」

礼をして退出しようとしたディオンに、ヴィオラーテが物言いたげな視線を向けた。

「…………ディオン」

女王は何かを言おうとして、しかし躊躇《ためら》っている。引き留めたことを後悔《こうかい》するかのように首を振《ふ》り、やがて「なんでもないわ」と呟《つぶや》いた。

「ディオン、あなたも明日の夏華祭には参加するのでしょう？」

「ええ。久しぶりに顔を出すことにしました」

「そう。……久しぶりに、あなたとゆっくり話せて嬉しかったわ。もし夏華祭で面倒なこ、と、を言ってくる者がいたら、すぐに私に伝えて頂戴《ちょうだい》。私が対処しますから」

面倒《めんどう》なこと？　とディオンが呟くと同時に、部屋の外からドタバタという元気な足音が近づいてきた。バンッ！　と勢いよくドアを開けて、二人の男の子が駆《か》け込んでくる。

「わぁ。おじうえだ！」「ほんとに来てたんだ！　あそぼうあそぼう！」

ヴィオラーテとミカエルによく似た、三、四歳《さい》くらいの幼児だ。どうやら双子《ふたご》のようで、瓜二《うりふた》つの顔をしている。二人のあとを、乳母《うば》が慌《あわ》てて追いかけてきた——元気いっぱいの子ども達の世話に手を焼いている様子だ。

ヴィオラーテが、呆《あき》れたような顔をした。

「まぁ！　セリオ、ヴィオ。あなた達、マナーはどうしたのですか？」

母親にたしなめられた幼い王子達は、ぴっと背筋を伸ばしてから礼をする。

「ごきげんよう、おじうえさま」「ごきげんよー」

その可愛《かわい》らしさに、全員が頰を緩《ゆる》ませていた。

「まったくもう……この子達ったら。ディオン、良かったら息子《むすこ》達と遊んであげてくれないかしら。セリオもヴィオも、あなたのことが大好きなのよ」

ディオンは「喜んで」と答えると、片腕《かたうで》ずつで幼児二人を抱き上げた。

「それでは姉上のお言葉に甘えて、中庭で少々遊んで参ります」

きゃ、きゃと喜ぶ二人を抱いたまま、ディオンは部屋から出ていった。エミリアと乳母も後に続き、ヴィオラーテ夫婦は微笑《ほほえ》ましく見送っていた。

「おじうえ～！　ぼく木登りやりたい」「おにごっこ《タグゲーム》がいいよー」

「木登りだって」「おにごっこだよぅ！」

「揉《も》めるなよ。両方やればいいじゃないか」

言い合いを始める二人を仲裁《ちゅうさい》しながら、ディオンはエミリアに囁きかけた。

「ありがとな。君のおかげで姉上も喜んでいた」

囁く吐息《といき》が耳にかかって、エミリアはどきりとしてしまう。

「……お役に立てて嬉しいです」

「よし！　じゃあ、二人共遊ぶか？」

「「わぁい！」」

子ども達と楽しそうに遊び始めたディオンを、エミリアは頬を熱くして見守っていた。

（なんか、家族っぽい……）

幼い頃に両親を亡《な》くしたエミリアは、本当の家族を知らない。だが、故郷の街で育ててくれた親方は、ディオンのように腕っぷしが強くて子ども好きな人だった。

（ディオン様みたいな人が父親だったら、子どもはすごく幸せだろうな……）

そんなことを思いながら、ディオンの笑顔を見つめていた。


——侍女サラは、いらだちを隠せずにいた。

エミリアの世話役の侍女の一人として、サラは今回の登城に同行している。今は王城内の賓客棟《ひんきゃくとう》で、エミリアとディオンが戻るのを待っているところだ。

何気なく窓の外に目を馳《は》せたら、中庭にいる彼らの様子が見えてしまった。ディオンは幼い王子達と遊んでいて、エミリアは幸せそうにディオンを見つめている……。

（どうして⁉　どうしてディオン殿下は、メアリを可愛がっているのよ⁉　浮気《うわき》の証拠《しょうこ》を見せて差し上げたのに……むしろ親密になるなんて、おかしいわ！）

サラがあのイヤリングをディオンに見せたのは、すでに三週間前のことだ。決定的な浮気の証拠のはずなのに、なぜかディオンは妻を責めず、逆に〝窃盗行為《せっとうこうい》を働いた侍女〟としてサラを激しく非難したのだ。サラは領主邸から解雇されそうになった——優秀な侍女を自認《じにん》するサラにとって、信じられない醜態《しゅうたい》だった。

しかしメアリが、ディオンを止めた。

『サラが私の物を盗んだ？　いいえ、落とした私の責任です。きちんと謝罪して返してくれたので十分です！　ディオン様、誰《だれ》にだって間違《まちが》いくらいあるでしょう？』

サラは解雇を免《まぬが》れ、メアリの希望によって引き続き専属侍女を任されている。しかし、平民女《メアリ》の温情を受けたという事実そのものが、サラには不快でたまらない。

ディオンはサラに冷たいし、屋敷《やしき》の皆《みな》もサラと距離《きょり》を置くようになった。メアリだけがこれまで通りに接してくるが……その態度さえも、サラの神経を逆撫《さかな》でするのだ。

（どうして私が冷遇《れいぐう》されなきゃならないの⁉　メアリよりも私のほうが高貴な生まれなのに。だって、私は貴族の出身よ？　グスマン侯爵家《こうしゃくけ》の流れを汲《く》む、由緒《ゆいしょ》正しい貴族なのに。どうして私が、平民女よりも低く扱《あつか》われる訳……？）

苛立《いらだ》ちを募《つの》らせながら、サラが廊下《ろうか》を歩いていたそのとき――。

「おやおや、サラ嬢《じょう》。随分《ずいぶん》と不満そうな顔をしているではないか？」

ねっとりとした声が、曲がり角で呼び止めてきた。サラは振《ふ》り向《む》き、驚きに目を瞠《みは》る。

「グスマン侯爵閣下……！」

廊下に立っていたのは、ログルムント王国の古参貴族にして一大政治派閥《はばつ》の筆頭――グスタフ・グスマン侯爵だった。白髪交《しらが》じりの口髭《くちひげ》に触れながら、侯爵は微笑している。

「サラ・フィールズ子爵令嬢《ししゃくれいじょう》。ご無沙汰《ぶさた》しております……」

「ええ……閣下。ご無沙汰しております……」

「随分疲れているようだが？　ディオン殿下にお仕えするのは、何かと大変そうだね」

答えに詰《つ》まるサラを見て、グスタフ侯爵はにんまりと笑みを深めた。

「実は折り入って、君に頼みたいことがあるんだが。聞いてもらえるかね？　サラ嬢」

「ええ!?　私もディオン様と一緒にダンスパーティーに出なきゃいけないんですか!?」

王子達と遊び終え、賓客室《ひんきゃくしつ》に戻って来ていたエミリアは素《す》っ頓狂《とんきょう》な声を上げた。

「そうだよ。夏華祭は国中の貴族が集まる夏の行事で、勿論ダンスだってする。……というか俺に付いてくると言った時点で、てっきり夏華祭に参加する覚悟《かくご》があるものだと」

「覚悟なんてありませんよ！　季節の行事だっていうから、てっきり宗教行事みたいなものだと思っていました。まさか社交パーティーだったなんて。……無理ですよ、ディオン様。私、社交場に出たことも踊《おど》ったこともありません」

「だが妻を伴《ともな》わず俺だけ出席というのは体裁《ていさい》が悪いし、今さらキャンセルするのもな」

おろおろしているエミリアの手を取って、ディオンは悪戯《いたずら》っぽく笑った。

「いいじゃないか、夫婦仲良く参加すれば。愛妃《あいひ》として社交場に同行する契約《やくそく》だろ？」

「ううう」

「ダンスは俺がリードするし、簡単なステップを教えるよ。ファーストダンスだけにして、あとは風に当たるとでも言って一緒に休もう。面倒な貴族連中が君に絡《から》もうとしたら、俺が受け流すから心配ない。君はただ俺の隣で、しとやかに笑っていれば十分だ」

本当ですか……？　とエミリアが問うと、ディオンは白い歯を見せて笑った。

「俺は君の〝用心棒〟じゃないか。厄介《やっかい》ごとは全部撥《は》ね除《の》けてやるよ」

エミリアは、溜息をつく。

（確かに、妻を演じるという契約《けいやく》だものね。ここで私がうまく立ち回れば、ディオン様も助かるはず。いつもお世話になってばかりだし、たまには私も役に立たなきゃ）

「分かりました、私もパーティーに同行します。なので、ダンスのステップを教えてください。私、本当に未経験なので……お手柔らかにお願いします」

子どもみたいに笑って「任せろ」と答えると、ディオンはレッスンの準備を始めた。

「じゃあ、さっそく始めよう。ダンス上達のコツは、見本を見ながら実際に体を動かしてみること。……ということでペアダンスの見本役として、この二人を呼んできた」

やたらと楽しげに、ディオンは見本役の二名をエミリアに紹介《しょうかい》した。エミリアは愕然として二人を見つめる――今回の登城に同行している、ダフネとザハットを。

「ダフネとお父様が踊るの？　二人共ダンスなんてできるんですか？」

騎士服を纏ったダフネは、不本意そうに眉《まゆ》を引きつらせながら答えた。

「……私は、一応は可能ですが」

一方のザハットは、生真面目《きまじめ》な表情でうなずいている。

「わしも舞踏《ぶとう》は心得ておる。舞踏と武闘《ぶとう》は紙一重と言っても過言ではない」

「そ、そんなものですか……？」

「じゃあ二人共、さっそく頼む。定番のメヌエットにしよう」

ディオンが手拍子《てびょうし》を打ち始めると、二人は真顔で優雅な礼をして舞踏を始めた。

……二人共、やたらと上手《うま》い。エミリアは目を白黒させながら彼らを見つめていた。

（この二人、息がぴったりだわ。滑《なめ》らかで、なんてキレイなダンスなの⁉　……でも真顔なのがすごく不自然だけど）

やがて、ディオンは手拍子を終えた。ゆったりと礼をしたダフネとザハットに向かって、エミリアは惜しみない拍手《はくしゅ》を送る。

「すごいわ、二人共すごく上手‼　本当になんでもできるのね！」

「どうだメアリ？　次は実際に俺と踊ってみよう。ダフネの動きを真似《まね》してくれ」

「は、はい……」

今度はザハットの手拍子で、ディオンとエミリアが練習を始める。ザハットとダフネは、生真面目な顔でエミリアの一挙手一投足を観察していた。

「娘よ、踵《かかと》を床《ゆか》につけてはならぬ！」

「メアリ様、二拍目と六拍目の膝《ひざ》の屈伸《くっしん》が少々浅いかと」

（ひぃぃ……！　二人共厳しい……）

最初は苦労していたものの、エミリアは徐々に楽しくなってきた。ディオンが微笑みかけてくれるのも、ダフネとザハットがあれこれと指導してくれるのも、なんだか嬉しい。いつの間にか、エミリアの顔には大きな笑みが咲《さ》いていた。

――そして翌日の夏華祭。

王城内に設けられたパーティー会場の華やかな空気に圧倒《あっとう》されるエミリアを、ディオンはしっかりとエスコートしてくれていた。洗練された大人の男性の所作というのは、今の彼のような振る舞《ふま》いを言うのだろう。

（ディオン様ったら完璧《かんぺき》な紳士《しんし》っぷり……〝マナーモード〟は伊達《だて》じゃないわね）

「これはこれは、ディオン殿下。お久しぶりでございます」

「バルテトゥール卿《きょう》、息災か」

何人もの貴族が興味津々《きょうみしんしん》な様子でメアリとの接触《せっしょく》を図《はか》ろうとしたが、そんな彼らにもディオンが対応してくれた。

「おや。そちらの女性が例の――」

「これが我が妃メアリだ」

甘やかな声を響かせて、ディオンは〝メアリ〟を彼らに紹介する。さりげなく肩《かた》に触れるディオンの指に、エミリアはどきりとしてしまった。

「殿下とメアリ妃は、とても仲睦まじくいらっしゃるようですね」

「無論だ。私が我《わ》が儘《まま》を言って、とうとうメアリを手に入れることができたのさ。私にとっての彼女は、金貨百万枚より価値のある女性だよ。決して手放すことはできない」

ディオンはエミリアの手を握《にぎ》りながら愛おしそうに見つめてくる。

（ひゃぁ……！　ディオン様ってば演技に気合が入りすぎ……）

逃《に》げ出したい欲求に駆られながらも、エミリアは愛妃を演じるためにディオンを見つめて微笑してみせた。

「……殿下とお妃様は大変お似合いでいらっしゃいますね！　いやはや、羨《うらや》ましい……それでは、わたくしはこれにて……」

ほとんどの者は、ディオンに付け入る隙《すき》を見いだせずに会話を切り上げていった。ディオンの行動にはまったく演技っぽさがなく、妻を見つめる瞳はどこまでも真摯《しんし》だ。

(本当に愛されてるような錯覚《さっかく》を起こしそう。……実際はお互《たが》いに演技な訳だけど)

冷静さを失わないよう努めつつ、エミリアはディオンの横顔を盗み見ていた。

(私、少しはディオン様の役に立てているかしら。役立ってるなら、嬉しいな……)

ディオンは、姉家族を大切に思っている。姉家族の平穏を守りたいからこそ、王位から遠ざかる口実として契約結婚《けっこん》を選んだのは明らかだ。そんな心優しいディオンを、エミリアはいつしか深く尊敬していた。

(私がきちんと妃役を務めれば、きっとディオン様は喜んでくれる。頑張ろう!)

——歓談《かんだん》後はダンスの時間だ。

事前練習とディオンの巧みなリードのおかげで、エミリアは無事にファーストダンスを踊り切ることができた。

「メアリ。少し外の風に当たらないか」

「ええ、ディオン様」

会場の一角で喉《のど》を潤《うるお》してから、二人一緒にテラスへ向かう。

(……なんだか、夢を見てるみたい)

エミリアにとっては全てが生まれて初めての、きらびやかな世界である。社交場なんて自分には場違《ばちが》いだと思っていたが、意外にも楽しんでいる自分に気づいた。

（すごく幸せな気分。全然怖《こわ》くない。……ディオン様の手が、温かいからかな）

つないだ手をきゅっと強めに握り返し、エミリアは笑みを深めた。

「どうした？　メアリ」

「ディオン様。私、なんだか楽しいです」

エミリアの心からの言葉だった。ディオンは目を見開いて、彼女を見つめ返している。

「……それは良かった」

寄《よ》り添《そ》い合って、二人は笑っていた。

（――エミリア様が、幸せそうだ）
パーティーホールに隣接《りんせつ》した従者用控室《ひかえしつ》から、ダフネはエミリア達の様子を窺ってい
た。幸せそうにダンスをしているエミリアを見て、ダフネは目元を緩めた。
（様々な想定外はあったが。エミリア様が幸せなら、私には異論はない。これまで不遇《ふぐう》な
生き方を強《し》いられていた分、この国では幸福に生きてほしい）
ダフネは、物心つく前からレギト聖皇国で〝皇家の影《暗殺者》〟として生きてきた。皇帝《こうてい》にエミ
リアの監視役《かんしやく》を命じられ、「子守《こも》りなんて冗談《じょうだん》じゃない」と思っていた……最初のうちは。
だが、血の通わない氷の心がエミリアに振り回され続けるうちに温《ぬく》もりを覚えていった。

ダフネにとってのエミリアはいつも想定外で、底抜《そこぬ》けのお人好《ひとよ》しで間抜《まぬ》けでまっすぐで。だから、放っておけない。本当は、エミリアにいつも笑っていてほしい。

だからダフネは決めたのだ。〝エミリアに自由を贈《おく》ろう〟と。

(エミリア様が幸せなら、それでいい。それ以外、私は何も望まない)

そのとき。うなじの灼《や》けつくような視線をダフネは感じた。

誰かがこちらを見ていたはずだ。さりげなく、用心深く周囲を窺い、気がついた。給《きゅう》仕係《じがかり》の男が、こちらを観察していることに。

(あの男、見覚えがある。本当に給仕係なのか？　……いや、あいつは)

ダフネは気づいた。あの男はレギト聖皇国の〝影〟の一人――名はドナトール・レヴァン。ダフネの殺気を感じ取ったのか、男は瞬時《しゅんじ》の動きで室外へと消えた。

(なぜ〝皇家の影〟が隣国《りんごく》の王城に⁉　使用人に扮《ふん》して、何をしている？)

使用人専用の細い通路に滑《すべ》り込むドナトールを、ダフネは追った。

(くそ、ドナトールに顔を見られた。私が生きて隣国に渡ったと知られれば、エミリア様にも危害が及《およ》ぶ‼)

ドナトールは音もなく疾駆《しっく》して、裏口から中庭へと滑り出した。そのまま闇《やみ》にまぎれようとするが、ダフネはドナトールを逃《のが》す気はない。

彼女は懐《ふところ》のナイフをドナトールめがけて投擲《とうてき》したが、ドナトールもまた手練《てだ》れの暗殺者だ。彼はダフネのナイフを躱《かわ》し、お返しとばかりに自身のナイフを投げ返してきた。

ダフネもまた、それを躱す。両者共夜の闇に身を投じ、追走劇を繰《く》り広《ひろ》げた。暗闇《くらやみ》の中で刃《は》と刃が交わって、金属音と火花が散らされる。

ダフネは憎悪《ぞうお》をたぎらせて、ドナトールに飛《と》びかかった。逆手に握った短剣《たんけん》を振り下ろすが、ガキンという硬い音と共に相手の武器に阻《はば》まれてしまう。

（血塗《ちぬ》られた私には、人並みの幸せなど望む権利はない。だがそれでも、エミリア様だけは幸せにしてやりたかった……！）

ダフネがエミリアの監視役としてあてがわれたのは、すでに十年も前のことだ。監視されているとも知らず、エミリアはいつも屈託《くったく》のない笑みでダフネに話しかけてきた。

なんて愚《おろ》かな子どもなんだろう。と、ダフネはエミリアを軽蔑《けいべつ》していた。

飼い殺しにされていると気づいた十一歳の夜、『エミリアが脱走《だっそう》するに違いない』と思ったダフネは、深夜まで彼女のそばにいたのだが――。

『利用されるだけじゃなくて、私も皇家を利用し返すの。変装さえすれば、私は〝聖女〟を続けられるんだから。この仕事が大好きだから、絶対やめたくない』

エミリアの思考回路が、ダフネにはまったく理解できなかった。……面白《おもしろ》い生き物だな、とエミリアへの関心が芽生えたのが、そのときだった。

エミリアが、困っている人を放っておけないのはなぜだろう？　不遇な立場に置かれていると知りながら、それを受け入れて日々楽しげに働いているのはどうしてだ？　それはエミリアが真の聖女だからなのだ、とダフネは気づいた。彼女がニセモノだというのなら、真偽《しんぎ》の基準が間違っている。だから、エミリアを逃がそうと決めた。皇女カサンドラはダフネに大金を渡して、「エミリアを脱獄《だつごく》させて外で殺せ」と命じてきた。金に目がくらんだことにして、従うそぶりでエミリアを逃がした。本物の自由と幸福を彼女に贈るために。そのためなら、自分はどんな汚《よご》れ仕事でもこなしてみせる。

——だから。

（エミリア様を脅《おびや》かす者は、一人残らず私が殺す）

厩舎棟《きゅうしゃとう》の屋根を走りながら、ダフネ達は剣戟《けんげき》を繰り広げていた。ドナトールは圧《お》され気味になりながらも、屋根から屋根へと飛び移り、木々の生《お》い茂《しげ》る場所に飛び込んだ。

（追《お》い詰《つ》めた。ここで殺してやる）

月光の差し込まない暗がりへ相手を追い詰める——しかし追い詰められていたのは自分のほうだったのだと、ようやくダフネは気がついた。ドナトールを含めた八人の男達が、ダフネを待ち構えていたのである。息を切らしたドナトールに、リーダー格の男が言った。

「随分と手間取ったじゃないか、ドナトール」

「ちっ……、そう言うなって。ここまで誘導《ゆうどう》するのも、随分骨が折れたんだぜ？　まさか隣国の宮廷で、見知った顔に会うとはな。完全に想定外だった」

男達が、底冷えのする瞳でダフネを見据《みす》えていた。

「ダフネ、貴様は死んだはずではないか。偽聖女を脱獄させ、逃亡《とうぼう》中に死んだと聞いている。その貴様が、なぜログルムント王国で騎士に扮している？」

冷たい汗《あせ》が、ダフネの額を伝っていく。

（私一人で、この八人を倒せるだろうか？　……いや、考えるまでもない。私は殺される——いや、尋問《じんもん》でその一歩手前にされて、エミリア様の所在を吐かされることになる）

彼女の喉の奥から、くつくつと昏《くら》い笑いが漏《も》れた。瞬時の動きで袖口《そでぐち》に忍《しの》ばせていた毒針を投じ、右側の男を行動不能にする。

「……っ、ダフネ、貴様《きさま》！」

今度は身を翻《ひるがえ》し、隣の男に切りかかった。

（エミリア様の幸せを脅かす者は、許さない。私が死んだあとのことは、ディオン殿下に託《たく》すとしよう。あの方ならば、きっとなんとかしてくれる）

三日月のような笑みに唇《くちびる》を吊《つ》り上げて、ダフネは覚悟を決めていた。——一人でも多く手傷を負わせ、最後に自分を殺そうと。

善戦していたが、やはり多勢に無勢だ。これが潮時、そう確信した瞬間《しゅんかん》にダフネは大きく飛びのいた。ゆらりと笑って、握りしめていた短刀を自分の喉《のど》へと向けた。そのまま躊躇《ちゅうちょ》なく一突《ひとつ》きにする——。

いや。一突きにすることは、できなかった。

「⁉」

ダフネの手首は、いつのまにか現れていた老人に抑え込まれていた。頬に刀傷を持つ頑健《がんけん》な老人――ヴァラハ駐屯騎士団参謀長《さんぼうちょう》、グレイヴ・ザハットその人である。

ザハットは腕力《わんりょく》に任せてダフネの短刀を奪《うば》い取《と》り、「ふんっ」と息を吐きながら敵に投げつけた。敵は瞬時の動きに対応できず、右の腕へと短刀が突《つ》き刺《さ》さる。ザハットは猛禽《もうきん》のように鋭《するど》い瞳で、ダフネを見据えていた。

「ダフネよ、その騎士服を穢《けが》すつもりか。こんなところで、何をしておる」

言葉に詰まるダフネに、ザハットは尚《なお》も言い募る。

「お前には、殿下と我が娘の護衛役を任せていたはずではないか。それがなぜ、訝《いぶか》しげな者達と戯《たわむ》れておる？　わしの全ての問いかけに対し、仔細《しさい》を答えよダフネ」

「このジジイが！」

敵の一人が、ザハットめがけて飛びかかる。ザハットは身を沈《しず》ませると、裏拳《うらけん》を相手の鼻柱に打ち込んだ――骨のひしゃげるような音と共に、相手が夜闇に沈む。残った敵が目を瞠るうちにも、ザハットは次の相手を掴《つか》んで投げ飛ばしていた。樹木に身を打ち付けられた相手は、泡《あわ》を吹いて白目を剝《む》いた。

その戦いぶりに、ダフネは絶句していた。やがてザハットは、何かに納得《なっとく》した様子で

「ふむ」とうなずく。

「相分かった、こやつらを捕縛《ほばく》するのが先と言いたいのだな？　それではダフネよ、全員殺さず生け捕《いど》りにするぞ。いろいろ聞き出す必要がありそうだからな」

「…………はい」

「それでは、参る!!」

ザハットはダフネを伴い、暗殺者相手に猛攻《もうこう》を開始したのだった。


エミリアは、ホールから流れる楽団の調べを聞きながら、ディオンと一緒にテラスで夜風に当たっていた。そっと「ディオン様」と呼びかけると、ディオンは優しい海色の瞳をこちらに向けてくれた。

「ディオン様のおかげで私、毎日楽しいです。こんな楽しい生活、予想してませんでした」

「こちらこそ。君が妻でいてくれて、本当に良かった」

ディオンの微笑は月明りよりも美しく、エミリアは胸の高鳴りに戸惑《とまど》っていた。

（……落ち着かなきゃ。今の『妻でいてくれて良かった』というのは、お飾《かざ》りの王弟妃を用意できたからだもの。何ドキドキしてるんだろ、私……バカだなぁ）

だが利害関係が一致《いっち》しているにしても、ディオンはとても温かい。きっと、彼の人柄《ひとがら》が優《すぐ》れているからに違いない――と、エミリアは納得していた。

（お飾り役の女性なんて、探せばいくらでもいそうなのに。なんで私みたいに面倒な〝偽聖女〟を守ってくれるんだろう？　……ルカから、私の事情を聞いていたはずなのに）

ディオンの顔を見上げたいような、恥ずかしいから見たくないような。

「顔が赤いぞ。ホールの熱気に当てられたか？」

そう言って、彼はそっと頰に触れてくる。

「……違いますよ。きっと、さっきお酒を飲んだからです」

「たった一口で赤くなるのか？」

意外そうに眼《め》を見開いたディオンの顔が、ふとルカに重なって見えた。

（やっぱりディオン様は、ルカと似てる。でも、ルカのことを聞くと嫌《いや》そうな顔をするから、あんまりしつこく聞かないほうがいいのかな……）

そんなふうに考えていた、ちょうどそのとき。

「おや。こちらにおられましたかな？　ディオン殿下、メアリ妃」

ねっとりとした声を投じられ、エミリアはディオンと共に振り返った。

声をかけてきたのは、グスマン侯爵――ディオンの結婚に猛《もう》反発して、「我が娘を妃にすべきだ」と文句を言いに来た貴族である。胸のざわつきを感じつつ、エミリアは平静な態度で礼をしてみせた。エミリアを庇《かば》うように、ディオンが半歩前に出る。

「無粋《ぶすい》な男だな、グスマン卿。私は妻との時間を楽しんでいたのだが」

「どうか無礼をお許しくださいませ。殿下はいつも王都にはおられず、なかなかお目通りが叶《かな》いませんので。お話をさせていただく機会も作れず、寂《さび》しく思っておりました」

白髪交じりの髭《ひげ》を撫《な》でつけ、グスマン侯爵は目を細めた。

「ディオン殿下と、お二人で話がしたいのですが？」

「あいにくだが、今日は妻と離れる気はない」

「左様でございますか。それでは、メアリ妃にもお聞きいただくことになりますが……？」

ワザとらしい困り顔を作って、グスマン侯爵は肩をすくめている。

「それで、殿下？　レギト聖皇国のカサンドラ皇女殿下のお見舞いには、いつ頃いらっしゃるご予定なのですかな？」

――カサンドラ様のお見舞い？

エミリアは、思わずディオンを見た。ディオンは、怪訝そうな顔をしている。

「見舞いだと？」

「ええ。カサンドラ皇女殿下は、ご多忙《たぼう》のあまり病床《びょうしょう》に伏《ふ》して聖務にも就《つ》けないご容体だと聞きます。衰弱《すいじゃく》しきった皇女殿下は、幼少時より親しくしていたディオン殿下にぜひお会いしたいと仰《おっしゃ》っているそうではありませんか？」

エミリアは顔をこわばらせて侯爵の話を聞いていた。

(幼少時より、親しく？　ディオン様はカサンドラ様と知り合いだったの？　……でも確かに、隣国の王族・皇族同士なら、あり得ることかもしれないわ)

「レギト聖皇国の市井《しせい》では、吟遊詩人《ぎんゆうしじん》のこのような歌が流行《はや》っているそうですよ？　カサンドラ殿下とディオン殿下は想《おも》い合う仲だったのに、政略で引《ひ》き裂《さ》かれそれぞれ別の相手と婚約《こんやく》を結び……しかしこの度《たび》の病中慰問《いもん》でふたたび仲が深まるのでは、と」

ディオンはエミリアを引き寄せ、グスマン侯爵を睨《にら》みつけた。

「あちらの国では、見当違《けんとうちが》いな歌が流行っているのだな。くだらない」

「しかしあちらの民は、皇女殿下とディオン殿下のご成婚《せいこん》を望んでいるとか」

「私は妻帯者だ」

「仰る通りでございます。いやはや、民草《たみぐさ》とは困ったものですなぁ。……ですが兎《と》も角《かく》、聖皇国から求められている以上、早急《さっきゅう》な慰問が必要なのでは？　ディオン殿下の一刻も早い慰問を、と皇家は幾度《いくど》もヴィオラーテ陛下に要請《ようせい》しているそうではありませんか？」

ディオンは無言で眉を顰《ひそ》める。

「差し出がましい発言ですが――皇家を無下になさっては、両国間の関係に良からぬ影《えい》響《きょう》が及ぶかもしれませんな。私は一臣下として、両国の末永い友好を望んでおります」

芝居《しばい》がかった声音《こわね》で沈痛《ちんつう》な表情を作ってみせるグスマン卿。小柄《こがら》な彼はディオンの顔を見上げて、「おや、おや？」と苦笑してみせる。

「そのご様子ですと、まさか殿下は何もご存じないのでしょうか⁉　まさか女王陛下は、ディオン殿下にお伝えではないと？　おぉ、これは、なんという……。ご当人以上に私の如《ごと》き臣下が仔細を存じているとは、誠《まこと》に奇《き》なること。非礼をお許しくださいませ」

「誠に非礼だ。弁えよ」

ディオンの静かな声音には、明らかな怒《いか》りが篭《こ》もっていた。これまでまくし立てていたグスマンは、「ひっ……」と無様な声を漏らす。

「その口を閉じろ、グスマン。卿の不遜《ふそん》ぶりは目に余る。……事の仔細はのちほど、私が女王陛下にお尋《たず》ねすることとしよう。今の話、間違いがあったらただでは済まさんぞ。私と妻への不敬と受け取り、厳格な対応を取らせてもらう。覚悟しておけ」

「い、いえ、殿下、私は——」

「話が済んだなら消えろ」

追従笑《ついしょうわら》いをしながら、グスマン侯爵はホールに戻っていった。侯爵の背中を睨みつけていたディオンは、その背が完全に見えなくなってからエミリアを振り返る。

「大丈夫か、メアリ。顔が真っ青だ。……今の話、君が心配することはない。俺と皇女殿下は何度か顔を合わせた程度で、それ以上は何もない。子どもの頃に何度か婿入《むこい》りの打診《だしん》を受けていたが、それも断っていた」

「……そうだったんですね」

エミリアは、困惑《こんわく》を隠しきれない。ディオンとカサンドラに関わりがあったのも、カサンドラが倒れて聖女の務めを果たせずにいるというのも、驚きだった。

（カサンドラ様が聖女の仕事をできなかったら、今レギト皇国はどうなっているの？）

エミリアは投獄《とうごく》されるとき、「お前はもう要《い》らない」「今後はわたくし自身が聖女をする」とカサンドラから言われていた。だから自分が消えても、聖女の仕事に穴が開くことはないと思っていたのに……。

「ディオン様。話の真偽を、今すぐ女王陛下に確認していただけませんか」

「だが君は――」

「私のことは心配いりません。先に部屋に戻らせてもらいますね。……レギト聖皇国で聖女の仕事がストップしているというのも、気がかりなんです」

聖女の癒しを求めて、毎日大勢の巡礼者《じゅんれいしゃ》が主神殿を訪れているはずだ。それに――。

「カサンドラ様が竜鎮めをしなければ、竜化病患者を救うことができません。私、不安でたまらないんです。ディオン様……どうかすぐに、真偽のご確認を」

「……分かった」

二人は従者用の控室に向かい、待機しているはずのダフネを探した。しかし。

「ダフネがいないな。あいつが黙《だま》っていなくなるなんて、珍しい」

「でしたら代わりの騎士を呼びますので、大丈夫です。私は賓客室に戻っていますね」

「分かった。俺も話が済んだら、すぐに部屋に戻る。あとで詳《くわ》しく話すよ」

パーティーホールにディオンを残し、エミリアは代わりの騎士と賓客室に戻った。


部屋で待機していた侍女のサラが、恭《うやうや》しい態度で出迎《でむか》える。

「お帰りなさいませ、メアリ奥様。お顔の色が優れないようですが？」

「大丈夫よ。馴《な》れないパーティーで、少し疲れただけ」

「失礼ですが、ディオン殿下とはご一緒に戻られなかったのですか？」

「ええ。私だけ先に休ませてもらうことにしたの」

「……そうでしたか。他の侍女達はちょうど別件で出払《ではら》っているところですが、私が奥様のお世話をいたしますのでおくつろぎください」

サラの態度が心なしか普段より丁寧《ていねい》だ。サラに手伝ってもらって、豪奢《ごうしゃ》なパーティードレスを脱《ぬ》ぐ。締《し》め付《つ》けの少ないルームドレスに着替《きが》えて、エミリアはほっと息をついた。

「お茶をお持ちしました」

出された紅茶を口にして、エミリアは深い息を吐いた。

「ありがとう、サラ。……美味《おい》しい。でも、ちょっと珍しい風味ね」

「王宮よりご用意いただいた茶葉です。舶来品《はくらいひん》だそうで」

微《かす》かな苦みと酸味、それらを和《やわ》らげるようなハーブの清涼感《せいりょうかん》が特徴的《とくちょうてき》なお茶だった。

二口、三口と味わいながら、エミリアは思いを巡らせていく。

（レギト聖皇国で聖女の仕事がストップしているというのは、本当なのかしら……？）

カサンドラが働けないなら、他国派遣《はけん》中の聖女を呼び戻すことになるかもしれない。

（でも、派遣中の聖女を強引《ごういん》に呼び戻したりしたら、派遣先の国との関係悪化は避けられないわ。どうするつもりなんだろう）

聖女を求めて困っている人が沢山《たくさん》いるに違いない。そう思うと、エミリアの胸は痛んだ。

それに――。

（カサンドラ様が、ディオン様と結婚したがっているというのは本当なの？）

この二人の接点など、これまで考えたこともなかった。カサンドラがディオンを求めているとして、ディオンはその申し出を受け入れるのだろうか？

ディオンの契約結婚は、ログルムントの王位から遠ざかるのが目的だ。だったら平民女《メアリ》を妻にするより、隣国の皇女《カサンドラ》のもとに婿入りするほうが確実なのではないだろうか？

エミリアの胸が、ずきずきと痛む。――息が、苦しい。

不安に駆られたエミリアは、鏡台の引き出しにしまっておいたイヤリングを取り出した。

どんなときでも、これがあれば元気が湧《わ》くのだ。

そのはずなのに。今は、胸の痛みが治まらない。

（……ルカ、私どうしよう。ディオン様が望んだら、離婚《りこん》するべきだよね。でも……）

この契約結婚が白紙になったら、ディオンがエミリアを守る理由は消失する。

（ディオン様は優しいから、私をレギト聖皇国に引き渡したりはしないと思う。でも……）

エミリアは気づいた――自分は、ディオンと離れたくないのだ。なぜ離れたくないのかよく分からないけれど、彼がいないと不安だ。さっきまで楽しい気分だったのに、今はこんなに寂しくて寒くて、苦しい。息が苦しい。体が、しびれる…………。

平衡《へいこう》感覚を失ったエミリアは、ぐらりと体を傾《かたむ》かせて椅子《いす》から転がり落ちていた。

（私、どうしたの!?）

何が起きたか、まったく理解できなかった。ひどく混乱する。体がしびれる。

「苦しいですか？　メアリ奥様」

サラはエミリアのすぐそばまでやってきて、助け起こすでもなくエミリアを眺《なが》めていた。

「毒が効いてきたからだと思いますよ」

毒……？　と、耳を疑うエミリアを、サラは冷たく見下ろしている。

「毒入りのお茶を飲んでいただきました。……苦しいですか？　いい眺めですね」

サラの顔は愉悦《ゆえつ》の色に歪《ゆが》んでいた。

「大丈夫ですよ、大した毒ではないので。しびれて動けなくなるだけだし、服用後二十分で分解されて消失するらしいです。だから遺体を調べても、何も検出できないそうです」

「……な、にを。ふざけているの……？　サラ……」

「ふざけてるのは、あんたでしょ⁉」

サラはエミリアの手を踏《ふ》みつけた──イヤリングを握りしめていた右手を。痛みに苦鳴を漏らすエミリアを嗜虐的《しぎゃくてき》な目で見下ろしながら、サラはぎり、ぎりりと踏みにじった。

「なんで平民のクセに、王弟殿下と結婚してるの⁉　私のほうがあんたより、ずっと殿下をお慕《した》いしてるのに。でも私はバカじゃないから、使用人として仕えることが最大限の愛情だって分かっているの！　あんたも身《み》の程《ほど》を弁えなさいよ！」

エミリアは、浅い呼吸を繰り返しながらサラの言葉を聞いていた。

「グスマン侯爵閣下から聞いたんだけど、ディオン殿下と隣国の皇女殿下との縁談《えんだん》の話が出てるんでしょ？　バカなあんたにも分かるわよね、卑《いや》しい平民女より皇女が妻に相応《ふさわ》しいってことくらい。だから、死んでよメアリ奥様‼」

そしてサラは、扉《とびら》のほうを振り向いて大きな声で呼びかけた。

「さぁ、私はきちんと役目を果たしましたよ？　計画通りに、さっさとこの女を処分してください！」

（……計画通りって、どういうこと？　誰かいるの⁉）

しかし、いつまで経《た》っても誰も現れなかった。サラの顔が、不安げに歪む。

「……ちょっと！　いるんでしょ⁉　早く来てよ、計画が台無しになっちゃうじゃない！」

サラは焦《あせ》った様子で扉を開いたが、誰もいないらしく「ちょっとぉ！」と叫《さけ》んでいた。

「はぁ⁉　なんでよ、グスマン閣下の話と違う！　どうして誰も来ないの！　命令通り人《ひと》払《ばら》いして、毒まで飲ませたのに！　早く殺《や》らなきゃ効き目が切れちゃうじゃない！」

サラは髪を掻《か》きむしると、今度はいきなりエミリアの腕を引きずり上げようとした。エミリアの脇《わき》を支えて、無理やり立たせようとする。

「な、何を――」

エミリアは抗議《こうぎ》の声を上げたかったが、舌がしびれて喉に力が入らない。

「暗殺者が来るはずだったのよ！　なんの手違《てちが》いか知らないけれど、誰も来ないなら私がやるわ。あんたを窓から突き落とすくらい、私にだってできるもの！」

「⁉」

異様なまでに興奮しながら、サラは醜《みにく》く唇を吊り上げていた。

「メアリ奥様、あんたはディオン殿下の寵愛《ちょうあい》を失う恐怖《きょうふ》に耐《た》えきれなくなって、窓から身を投げてしまうの！　そういう筋書きになってるんだから。私が手伝ってあげる！」

やめて……とか細い声で訴《うった》えるエミリアの脇を支え、サラは窓辺に向かおうとした。

「ここは四階だから、きっと助からないわ。ぐちゃぐちゃに死んでね。ふふ、あははは」

（本気で私を窓から落とす気？　暗殺者って、手違いって、どういうこと⁉）

　体に力が入らず、ずるずるとサラに引きずられていく。解毒《げどく》魔法は、術者自身にかけても効かない——だからエミリアは、されるがままになっていた。

「ディオン殿下が婿入りする際には、私も殿下付きの侍女として同行できるように、グスマン侯爵がお力添《ちからぞ》えをしてくれるんですって。……あぁ幸せ‼　私はあんたと違って、分不相応な愛情なんて求めないんだから。侍女として殿下にお仕えできれば十分なのよ！」

（……サラの興奮ぶり、正気じゃないわ。何か薬を盛られているの？）

　盛られた薬の種類が分かれば、解毒魔法でサラを正気に戻せるかもしれない——しかし、この状況では種類を突き止めるどころではなかった。

（ともかく、殺される訳にはいかないわ。ディオン様の身の振り方は、ディオン様自身が決めることだもの……サラや私が口出しするようなことじゃない！）

　ましてや、人間の命は他人の都合で奪われて良いものではない。そう思った瞬間、エミリアの胸に怒りが湧いた。サラを振り払おうとして、エミリアは腕に力を込めようとする——だが、力が入らない。

（どうしたらいいの？　どうしたら、この場を切り抜けられるの⁉）

　緩んだ右手から、ルカのイヤリングが零れ落ちた。サラはにたりと唇を吊り上げ、それを拾い上げた。

「あぁ、このイヤリング。浮気相手からもらったモノでしょ？　随分高価な代物《しろもの》みたいねぇ。平民のクセに金持ちの男に取り入るのが上手いのね。ホント軽蔑しちゃう」

「ち、違……返し、て」

「ディオン殿下の妻の座を射止めたくせに、ほかの男の贈り物まで大事にしちゃって……なんて汚《けが》らわしい！　こんなモノ‼」

興奮していたサラはイヤリングを床に叩《たた》きつけ、ヒールでそれを踏みにじった。

──ぱり、ん。と、小さく悲しい音がイヤリングから響いた。

泣き出しそうなエミリアに目もくれず、サラは執拗《しつよう》に踏みにじる。

「こんなモノ、こんな汚らわしいモノ！」

海色の石は砕《くだ》け、銀の台座が歪んでいった。エミリアの目から大粒《おおつぶ》の涙《なみだ》があふれる。

（ルカがくれたのに……大切なものなのに！）

世界にたった一つの、大切な思い出なのに。いつも心を支えてくれた、大事な贈り物だったのに──。

エミリアは怒りに突き動かされた。力が入らなくても、自分にはできることがある。

（許せない。こんな横暴、絶対に許さない）

彼女が扱えるのは回復魔法だけではない。いざというときのために、最低限の攻撃《こうげき》魔法も習得してあった。あまり得意ではないから、滅多《めった》に使わないのだが――。

今は、使うべきときだ。

エミリアは両手いっぱいに、爆風《ばくふう》の魔法を発動した。周囲の全てを吹き飛ばし、あらゆる窓のガラスを砕く。彼女の怒りは、宮殿《きゅうでん》そのものを地震《じしん》のように激しく揺らした。

パーティーホールに戻ったディオンは、女王ヴィオラーテのもとへ向かっていた。

「姉上。しばしお時間を頂戴できますか」

ディオンの表情から何かを察した様子で、女王は静かにうなずく。女王はディオンを伴って、吹き抜けの二階席へと移動した。侍従に人払いをさせ、ディオンと共に席に着く。

「姉上。さきほど、グスマン侯爵が私に接触してきました」

ヴィオラーテが、「グスマン侯爵が……？」と呟いて柳眉《りゅうび》をひそめる。

「グスマン侯爵から、奇異《きい》な話を二つほど聞かされました」

「二つというのは？」

「一つは、カサンドラ皇女殿下がお倒れになり、聖女としての聖務が滞《とどこお》っておられること。もう一つは、その皇女殿下が私の慰問を要請しているということです」

はぁ……と、ヴィオラーテは厭《いと》わしげな様子で溜息をついた。

「まったく、グスマン侯爵には困りましたね。私が留《とど》めておいたことを勝手に漏らすなん

て。グスマン侯爵家は古来、王家への〝支援《しえん》〟を通じて一定の発言力を持つ家門ですが

──それにしても最近の振る舞いは看過しかねます。彼の擁《よう》する商会がレギト皇家の御用《ごよう》達《たし》になったらしく、増長の一因になっているようですね」

ディオンは、姉の言葉を聞いて顔をしかめた。

「姉上が留めていた？　ということは、皇女殿下の容体も見舞いの要請も事実ですか」

「……耳に入ったのなら仕方ありませんね。あなたの言う通り、事実です」

なぜ私にその話を伏せていたのです？　とディオンが問うと、女王はまた溜息をついた。

「レギト皇家の我《わ》が儘《まま》に、弟まで巻き込ませたくなかったからですよ」

「……しかし、姉上。皇女カサンドラの聖務が滞っているとのことですが、実際にはどの程度の遅滞《ちたい》が生じているのですか」

ヴィオラーテの美貌に、心労の影が差す。

「実は一か月前から、我が国の竜化病患者の受け入れが完全に拒否《きょひ》されています。すでに十名の患者が国内で発生していますが……今後も受け入れの目途《めど》は立っていません」

「⁉　それでは、患者達は今どうしているのですか」

「やむを得ず、全員を王都の主神殿で一時保護しています」

一時保護。保護といっても実際は、鎮静剤《ちんせいざい》を投与《とうよ》して暴走しないようにしてから投獄されるのが実情だ。ヴィオラーテは悲しげに声を落とした。

「勿論、私も受け入れ再開を求め続けていますが、レギト皇家は『自国内の聖務で手一杯《ていっぱい》なので、貴国からの受け入れは不可能』の一点張りです。ですが――」

女王は言い淀《よど》んでいたが、長い息を吐き出してから話を続けた。

「ディオンが見舞いに来るのなら、竜鎮めの再開を検討してやってもいい――とレギト皇家は言っています」

は？　と、ディオンが首をかしげる。

「どういうことですか？　私が見舞いに行くことと、受け入れ再開になんの関係が？」

「くだらないでしょう？　レギト皇家の言い分としては、『王弟ディオンの見舞いは二国間の融和《ゆうわ》を意味する』。『現状ではレギト国内の竜鎮めに専念せざるを得ないが、今後ログルムントがさらなる融和姿勢を見せるのであれば、受け入れ緩和《かんわ》を目指す所存だ』――とのことです。いろいろと言葉を並べ立てていますが、要するに、ディオンを見舞いに来させる意図は、接点を作って婚姻《こんいん》につなぐことですよ」

――は？　何ふざけてやがるんだ、あいつら！　という罵倒《ばとう》を飲み下し、ディオンは顔をしかめつつ姉の声を聞いていた。

「子どもの頃、あなたにしつこく婿入りの打診が来ていたでしょう？　あれは皇女カサンドラの個人的希望だけでなく、ログルムントの保有資源を狙《ねら》ってのことです。レギトには古来、ログルムントの属国化を狙う動きが見られます。聖女を切り札に政治的優位を誇《ほこ》るレギトですが、国力が乏《とぼ》しく戦争では勝てない――だから『婚姻をきっかけにして、いずれログルムントの属国化を』という考えなのでしょう」

ヴィオラーテは不快感に歪む口元を、扇《おうぎ》で隠している。

「つまり今回は、皇女カサンドラが倒れたことを口実に、ディオンを呼びつけて婿入りの段取りを組もうということなのです。無茶苦茶すぎて、さすがの私も腹が立ちました。……しかもディオンには、メアリという妃までいるのに」

「……まさか姉上がお倒れになったのは、この件で心労がたまったせいですか？」

「たとえそれが一因だとしても、あなたが気にすることはありません。私はこの国を導く王なのですから、打開策を模索《もさく》するのが私の仕事です」

可哀《かわい》そうなのは、竜化病の患者達です――と、ヴィオラーテは声を落とした。

「現在の患者は十名。数はまだそれほど多くありませんが、今後も増え続ければ対応が困難になります。厳重な保護下にあるとはいえ、彼らは強大な魔力が暴走しかねない存在。患者自身の苦しみと、万が一のときの危険性……看過できる状態ではありません」

ディオンは、ぎりりと歯を食いしばる。

（エミリアは患者がいると知ったら、居ても立ってもいられなくなるだろうな……。だが、ダメだ。もうエミリアには、竜鎮めをさせる訳にはいかない）

ディオンが眉を寄せて黙り込む。そのとき――。

ホールの外で轟音《ごうおん》が響いた。空気がびりびりと震《ふる》えて、地震のように床が揺れる。

「何事だ⁉」

駆けつけた護衛達が、女王とディオンの周囲を取り囲んだ。窓の外に目を馳せたディオンは、唖然《あぜん》とする。賓客棟の最上階にある一室が大破していた。窓ガラスが破れ、壁《かべ》がはがれかけているあの部屋は——自分とエミリアにあてがわれた賓客室だ。

(……エミリア⁉)

ディオンは賓客室を目指して疾駆していた。

エミリアは〝爆風〟の魔法を暴発させた。爆風は、風属性の攻撃魔法の一種だ。床に這《は》いつくばるエミリアを中心に、半径百メートルほどの様々な物が吹き飛ばされていた。サラは崩《くず》れた壁の向こうで、瓦礫《がれき》に飲まれて気絶している。

(どうしよう、つい力を込めすぎちゃった。サラを牽制《けんせい》するのと、騒《さわ》ぎを起こして誰かに気づいてもらうのが目的だったんだけど……)

指がしびれて魔法陣《まほうじん》を描けなかったため、魔力を調節できなかったのだ。攻撃魔法における魔法陣とは、魔力の巡りを整えて標的に照準を合わせるためのものである。

ふと、エミリアは気がついた。

(ルカのイヤリングが……どこかに行っちゃった)

エミリアは這いながら、イヤリングを探し始めた。

あのイヤリングがあったから、エミリアはいつも頑張れたのだ。あれを見るたび、優しいルカが応援《おうえん》してくれているような気持ちになれた。

(探さなきゃ……)

壊《こわ》れていても、構わない。いつも心を照らしてくれた、あの大切な宝物を。


賓客棟の階段を駆け上がり、ディオンは最上階へ向かった。激震《げきしん》に見舞われた賓客棟は、ところどころに亀裂《きれつ》が入り痛ましい有様《ありさま》になっている。夏華祭の最中だったため賓客棟にいた者はまばらだったが、それでも各階層では使用人達が慌てふためいていた。

最上階にたどりつくと、他の階より一層悲惨《ひさん》な状況だった。エミリアは、フロア中央の賓客室にいるはずだ。この階は女王の計らいによりディオンとその同伴者《どうはんしゃ》だけの貸し切り状態になっていたため、異様なほどに静かだった。

ディオンより先に到着していた警備兵達が、慎重《しんちょう》な様子で廊下を進んでいる。ディオンは彼らを追い抜かし、中央の賓客室を目指す。

賓客室の手前で、ディオンは足元に小さく輝く〝何か〟に気づいた。銀細工のイヤリングの、片割れ――遠い昔に、ディオンがエミリアに贈った物だ。嵌《は》まっていた海青石は割れ砕け、小さな欠片《かけら》がかろうじて残っているだけになっている。それを握りしめ、ディオンは賓客室に踏み込んだ。──床を這うエミリアの姿が、そこにあった。

「メアリ!!」

血相を変えて彼女に駆け寄り、抱き起こす。

「しっかりしろ、メアリ。どうした、何があったんだ!?」

エミリアは、答えない。首が満足に動かないらしく、目線だけで何かを探していた。

「体が動かないのか?」

まさか毒を盛られたのか? だが、誰が……? この爆発《ばくはつ》と何か関係があるのか?

「失くして、しまったの……」

「失くした? 何をだ」

「イヤリング、です。……ルカが、くれたの。サラに壊されて、そのあと、どこかに行っちゃった。……大事だったのに」

小さな肩が、カタカタと震えていた。目から涙があふれそうになっている。

こらえきれなくなった様子で、ディオンはエミリアを抱きしめていた。華奢《きゃしゃ》な体をしっかり抱きしめ、ディオンは深い息を吐く。

「……泣くな」

彼は懐から一粒《ひとつぶ》のイヤリングを取り出して、それをエミリアに握らせた。

「もう一度やるから、泣くな」

エミリアは、驚愕《きょうがく》に目を見開いた。彼が渡してくれたのは、壊れた物ではなくて。きれいな海青石が嵌まった、片割れのイヤリングだったからだ。

「泣くなエミリア」

メアリではなく。本当の名前で、ディオンに呼ばれた。

エミリアの頭の中で、パズルのピースがかちりと嵌まる。唇から、言葉が零れた。

「…………ルカなの？」

ディオンは苦笑しながらうなずいていた。

「気づくのが遅《おそ》すぎる。エミリアは本当に面白いな」

ディオンが笑っている。優しい海色の瞳で——ルカの瞳で、こちらを見つめている。

「…………ルカ」

「ともかく治療《ちりょう》を……。おい、エミリア⁉」

緊張の糸が切れたのかエミリアは脱力《だつりょく》して、ディオンの腕の中で意識を手放した。

爆音《ばくおん》が生じてから二十分あまり。パーティーホールの貴族達は、状況が掴めずパニックに陥《おちい》りかけていた。女王ヴィオラーテが、そんな貴族達を一喝《いっかつ》する。

「静粛《せいしゅく》に！　すでに我が兵が、事態の収束を図っています。ホール内の安全は確保されていますから、何人たりともここから出てはなりません！」

ざわめく貴族達の中に、グスタフ・グスマン侯爵の姿もあった。恐怖に青ざめているのは他の者達と同様だが、しかしグスマン侯爵はひときわ顔色が悪い。

（なんだ、さっきの爆発は⁉　爆発元はディオン殿下の部屋のようだが……まさか〝影〟がミスをしたのか？　メアリ妃の自殺を偽装《ぎそう》する計画なのに、なぜ爆発が起きるんだ⁉）

冷たい汗をダラダラと流し、グスマンはうつむいていた。

（一体どういうことだ？　せっかく私がディオン殿下を揺さぶって、メアリ妃を一人きりにする隙を作ったのに……！　何が起きているんだ！）

サラがメアリに毒を飲ませ、動けなくしてから〝皇家の影〟が暗殺する計画だった。レギト聖皇国の皇太子から、グスマンは〝影〟を十名ほど託されていたのだ。それらを用いて王弟妃を暗殺せよ、という指示を受けていたのである。

（首尾《しゅび》よく殺せば、私にレギト聖皇国との特級交易権を与《あた》えてくださるとヘラルド殿下は仰っていたのに！　ディオン殿下とカサンドラ殿下の結婚に漕《こ》ぎつければ、私の貢献《こうけん》を評して聖皇国内での爵位《しゃくい》をお与えくださるとも）

計画が水の泡――それどころか、自分の関与《かんよ》が明るみに出たら、処刑《しょけい》は免れない。

（そういえば、ホールに給仕係として潜入《せんにゅう》していたはずの〝影〟が全員いなくなっている。……嫌な予感がするぞ）

状況を把握《はあく》したいが、外に出ることは女王の命令によって禁じられている。グスマンが真っ青になりながら、呼吸を整えていたそのとき——。

靴音《くつおと》激しく、王弟ディオンがホールに戻ってきた。戦神《せんじん》の如き気炎《きえん》を噴《ふ》き上げて、ズカズカと踏み込んでくる。普段のディオンが宮廷内で見せる気品あふれる振る舞いとのギャップに、居合わせた貴族達は息を呑んだ。

ディオンの背後には、ヴァラハ駐屯騎士団の騎士達が付き従っていた。その先頭に立つのは、頬に刀傷のある老騎士と鋭い美貌の女騎士だ。物々しい雰囲気にグスマンは硬直《こうちょく》していたが、ディオンにぎろりと睨まれた瞬間に震えあがった。

ディオンはグスマンの目の前まで歩み寄り、胸《むな》ぐらを摑んで吊り上げた。

「っ……、で、殿下……っ、ぁぐっ……」

「さきほどの爆発は、逆賊《ぎゃくぞく》共との交戦に関連するものだ」

ぎりり、と歯の根を軋《きし》ませて、ディオンは憎《にく》らしげな表情でグスマンを睨《ね》めつけている。

「侵入者《しんにゅうしゃ》共は、我が勇猛《ゆうもう》なる騎士達が一人残らず捕縛した。グスタフ・グスマン！　貴様には国家反逆罪の嫌疑《けんぎ》がある——洗いざらい吐かせてやるから、覚悟しろ」

死刑《しけい》宣告されたような心境で、グスマンはディオンの声を聞いていた。

——エミリアは、ゆっくりと目を開けた。

ぼんやりと部屋の様子が映り、精悍《せいかん》な美貌に心配そうな色を乗せたディオンが、こちらを見つめているのに気づいた。

「ディオン、さま……？」

　起き上がろうとするエミリアの背を、ディオンがそっと支える。

「エミリア。具合はどうだ？　毒は抜けたみたいだな」

「毒……」

「サラが、君に毒を飲ませたことを自白した」

　険しい顔をして、ディオンは教えた。

「サラはグスマン侯爵から〝気付け薬〟と称《しょう》して精神高揚剤《こうようざい》を渡され、服用してから君への行為に及んだそうだ。とはいえ、暗殺への加担は彼女自身の意思だったから許されることではない。サラを含め、事件に関わった者は全員捕縛済みだ。全員に相応の報《むく》いを――」

「ルカだったの？」

　エミリアは彼の声を遮《さえぎ》って尋ねた。毒のことも、殺されかけたことも今の彼女には些《さ》末《まつ》なことだ。エミリアにとって一番大切なことは、別にある。

「ディオン様が、ルカだったの？」

　エミリアはふと、サイドテーブルに置かれていた物へ意識を向けた。

　一対《いっつい》の銀製のイヤリングだ。片方は石がきれいに輝いているが、もう片方は石が取れて台座の部分も歪んでいる――離れ離れだった右と左が、仲良く寄り添い合っていた。

「……ああ、そうだよ」

「そんな。私、全然気づきませんでした」

あの日出会ったルカは、黒髪《くろかみ》の華奢な少年だったのに。

「似てると思う瞬間は何度もあったけれど、同一人物とは思いませんでした。だって……ルカは女の子みたいな可愛い声をしていたし」

「声変わり前だったからな」

「私と同じくらいの背の、華奢な男の子だったのに。ディオン様みたいに大きくて逞《たくま》しい人とは、全然イメージが重なりません」

「八年も前だぞ？　背は伸びたし、体は鍛《きた》えたら勝手にこうなった」

「髪の色は？　ルカは、黒髪でしたよ？」

「染めて変装させられてたんだよ。第一王子が竜化病を発症《はっしょう》したと他国に知られたら、弱みを握られることになる――というのが父上の判断だった。ルカというのもまぁ、偽名《ぎめい》みたいなものだ。カサンドラと俺は面識があったから、身元がバレないように竜鎮めを受けさせようと、随分と気を揉んだようだぜ」

そうだったんですか――と、エミリアは戸惑いがちにうつむいている。

「ルカ……、いえ、ディオン様はいつから私のことに気づいていたんですか？」

「砂漠《さばく》で顔を見た瞬間、すぐに分かった。でも、知らないフリで通すことにしたんだ――

君が俺を忘れていると思ったから」

「そんな……。ルカを忘れる訳がないでしょ？　でも、あなたがルカだとは気づかなかった。……私って、やっぱり鈍感《どんかん》なのかな」

ディオンはどう答えるべきか悩《なや》んでいるようで、困り顔で口をつぐんでいる。その態度からだけでも『エミリアは鈍《にぶ》い』と思っているのは明らかだった。

「……でも、だとしても他人のフリなんてしないでほしかった。ディオン様が『俺がルカだよ。俺のこと、覚えてるか？』って言ってくれたら、すぐ分かったのに」

「悪かったよ。……いろいろ、勇気が出なかったんだ」

済まなかった、と言いながらディオンは辛そうな顔でエミリアの手を握った。

「俺が至らないばかりに、君の命まで危険に晒《さら》すことになってしまった。何が用心棒だ……不甲斐《ふがい》ない自分が、本当に情けない」

ディオンは、暗殺未遂《みすい》事件のことに話題を戻そうとしているようだ。

「君が命を狙われたのは、俺の妻だからだ。サラが毒を盛ったのは、グスマン侯爵に『暗殺の手はずを整えてくれ』と依頼《いらい》されたから。そしてグスマン侯爵が君を暗殺しようとしたのは、さらに上の立場の者から命じられていたからだ」

「上の立場の者……？」

「レギト聖皇国の皇太子ヘラルドだよ。グスマンが自白した」

思いがけない名を聞いて、エミリアは青ざめる。

「ヘラルド殿下が私を⁉　まさか、ログルムントに密入国していたことがバレて……？」

「いや。偽聖女エミリアは死んだと思われているらしい。君が狙われたのは、ただ純粋《じゅんすい》に〝平民出身の王弟妃〟だからだ。俺に新たな婚姻を結ばせるための段取りとして、王弟妃を排除《はいじょ》しておこうという魂胆《こんたん》だったらしい。……俺とカサンドラとの婚姻をな」

意味が分からず、エミリアは眉尻《まゆじり》を下げた。

「ごめんなさい、ちょっと話が見えてきません……」

「カサンドラの不調を理由に、レギト皇家はログルムントの竜化病患者の受け入れを拒《こば》み、俺に『見舞いに来い』と言ってきた。見舞いを契機《けいき》に両国の関係性を親密化させなければ、今後も患者を受け入れない――と脅《おど》してきている。要するに、駆け引きの材料にするために、竜化病患者の受け入れを拒んでいるようだ」

「……なんですか、それ！　なんて身勝手な‼」

エミリアは声を裏返らせた。身勝手すぎて許せない――聖女のくせに。聖皇国のくせに。なぜ人を救わずに、あの人たちは自分の我が儘ばかり押し通そうとするのだろうか？

「ログルムントの王都には、今すでに十名の竜化病患者が収容されている。……これからも、じわじわ増えていくだろうな。いつレギト聖皇国に受け入れてもらえるか全く見通しが立たず、彼らの苦しみを想うとやり切れない」

——ディオン様、私にその人達の竜鎮めをさせてください！　そう叫びたくなったが、エミリアは唇を噛みしめてこらえた。

（……私は、こんな状況でも素性を伏せなきゃならないのね）

見て見ぬフリを、しなければならない。素性を明かせば、女王はエミリアをレギト聖皇国に送還《そうかん》するだろう。そしてエミリアを匿っていたディオンは、レギト皇帝に処罰《しょばつ》される。ディオンを巻き込むのは絶対に嫌だ。でも、患者達を苦しめ続けるのは、やはり……。

「君の考えていることが、よく分かるよ。本当は患者達を救いたいんだろう？」

ハッとして、エミリアは顔を上げた。ディオンが深くうなずいている。

「俺も君と同意見だ。今すぐ全員救えるように、姉上に掛け合おう」

「でも……。そんなことをしたら、ディオン様が罰《ばっ》せられてしまいます」

「姉上には、エミリアの秘匿に協力してもらおうと思う」

——え？　とエミリアは顔をこわばらせた。

「女王陛下にまで大陸法を犯させるつもりですか？　……無理ですよ、いつか必ず明るみに出ます。そうなれば、ログルムント王家がどんな罰《ばつ》を課せられるか……」

「俺なりにいろいろ考えたんだが。さっき一つ、良いアイデアを思い付いた」

ディオンは、エミリアに耳打ちをした。話を聞いたエミリアは、驚いて目を瞠っている。

「……そんなの、上手く行きますか？」

「俺は、上手く行くと思う。だがその前に、患者を全員治してもらいたい。頼めるか？」

「勿論です」

「それじゃあ、さっそく姉上に話をしに行こう。君も付いてきてくれ」

身支度《みじたく》を済ませたエミリアは、ディオンと共に女王の執務室へと向かった。執務室ではすでにヴィオラーテとミカエルが待っていた。

「メアリ！　目覚めたのですね。本当に良かった」

無事を喜ぶ女王達だったが、ディオンの話を聞くうちに、困惑の色が濃《こ》くなっていく。

「メアリが……〝偽聖女〟？　皇女カサンドラの身代わり？　それは……」

「姉上。メアリというのは偽名なんです。彼女の本当の名はエミリア。聖女の力を持っているのに、レギト皇家の思惑《おもわく》で法王への申請《しんせい》がなされていません」

耳を疑うヴィオラーテに、エミリアが訴えかける。

「陛下、私を竜化病の人達のもとへ連れて行ってください。私が今すぐ彼らを救います」

女王は、王配と目を見合わせた。だがやがて、意を決したようにうなずく。

「メアリ……いえ、エミリアが竜鎮めを行えるというのなら、ぜひお願いします。共に主神殿へ行きましょう、私とミカエルも立ち合います」

主神殿に着くなり、エミリアは次々と竜鎮めを行っていった。その鮮《あざ》やかな手並みには、ヴィオラーテもミカエルも目を瞠るばかりである。

竜化病の者達が、エミリアの手で救われていく——彼女はまさに聖女だった。疲労困憊《ひろうこんぱい》しても連続で竜鎮めをしようとするエミリアを、ディオンが止めて休憩《きゅうけい》を挟《はさ》ませる。数日かけて患者全てを癒し終え、エミリアはヴィオラーテから称賛の言葉を受けていた。

「聖女エミリア。あなたの力に救われました」

深々と頭を下げる女王の前で、エミリアは困惑していた。

「陛下、頭を上げてください。それに、私は公認の聖女ではありませんし……」

「いいえ、あなたは紛《まぎ》れもない聖女です。自分の労苦も厭わず病《や》める者をひたすらに癒すあなたが聖女でなければ、一体誰が聖女だというのでしょう」

ヴィオラーテはこの数日間のうちに、弟から様々な経緯《けいい》を聞いていた。皇女がエミリアを虐《しいた》げていたことも。皇女が嫉妬に駆られてエミリアを処刑しようとしたことも。

「私は、レギトが憎くてたまりません。聖女を切り札に外交を優位に進めようとしたり、エミリアに不当な扱いをしたり。愚劣《ぐれつ》にもほどがあります。たとえ法王猊下《げいか》の定めた大陸法に反することとなろうとも、私はエミリアを庇護《ひご》します。あなたの身柄《みがら》は、絶対にレギト聖皇国には引き渡しません」

「でも……私を匿ったことが明るみに出たら、陛下まで罰せられてしまいます」

眉を寄せるエミリアとヴィオラーテに向かって、ディオンは声を投じた。

「そのことですが、姉上。私に考えがあります。——お聞きいただけますか？」

第四章 ❖ ニセモノと本物

——夏華祭《げっかさい》から、三か月あまりが過ぎた。

レギト聖皇国《せいこうこく》の皇城では、皇帝《こうてい》・皇后と二人の子ども達が晩餐《ばんさん》の真っ最中だ。

「とうとうディオン殿下《でんか》が、わたくしに会いに来てくださるのですね⁉」

皇女カサンドラの声に、皇帝は大きくうなずいた。

「今日届いた女王ヴィオラーテからの書簡に、そう書いてあった。聖女カサンドラの慰問《いもん》のため、使節団を派遣《はけん》したいと——王弟ディオンが代表を務めるとも明記されている」

「嬉《うれ》しいわ！　ディオン殿下がわたくしに会いに……！」

皇太子ヘラルドは皮肉げに唇《くちびる》の端《はし》を吊《つ》り上《あ》げた。

「実際はお前に会うためではなく、竜化病患者《りゅうかびょうかんじゃ》の受け入れ再開を求めるのが目的だろうがな。受け入れを停止して数か月経《た》つから、流石《さすが》に音を上げたのだろう」

そこに、皇后が口を挟《はさ》んできた。

「まぁ、ヘラルドったら。大切なのは、カサンドラの婿《むこ》候補が訪ねてくることです。滞在《たいざい》中に仲を深めさせ、婚約《こんやく》手前まで進めたいものですね。ヘラルドの情報によれば、ディオンと平民妻との関係はすでに破局しているとか」

誇《ほこ》らしげにヘラルドはうなずいた。

「ええ、母上。〝影《かげ》〟を預けたグスマンからの報告ですが、『王弟夫婦《ふうふ》の関係は冷え切っていて、離婚《りこん》の準備を進めている様子だ』と。王族と平民では世界が違《ちが》いすぎますから、一時の情熱で結婚《けっこん》しても続かなかったのでしょう。勝手に離婚するなら、リスクを冒《おか》して暗殺する必要はありません。なので、暗殺に代わる任務として〝影〟にはログルムントの諜報《ちょうほう》活動に当たらせています。今後の外交を優位に進めるのに役立つでしょう」

皇帝と皇后は満足そうにうなずいており、カサンドラは夢見る乙女《おとめ》の表情だ。

「数年ぶりのディオン殿下……きっと、さらに素敵《すてき》におなりだわ！　どんなドレスでお迎《むか》えしようかしら！」

「これカサンドラ。お前は病人らしく、大人しくしなければならんぞ？」

「でも父上。せっかくお越《こ》しいただくのに、みすぼらしい恰好《かっこう》では失礼ですわ」

「それなら華美《かび》を避《さ》け、清楚《せいそ》ながらも美しいドレスを新調してはどうかしら？」

カサンドラはすっかり上機嫌《じょうきげん》だった。

(最高の気分だわ。最近は、聖女の業務もなんとか回せるようになってきたし。エミリアを消した直後はどうなることかと思っていたけれど……意外となんとかなるものね)

この三か月あまりのうちに、皇帝と皇太子は聖女業務の徹底的《てっていてき》なテコ入れを行い、カサンドラでもなんとか仕事を回せる態勢を整えた。中央神殿《しんでん》を訪れる巡礼者《じゅんれいしゃ》の癒《いや》しは神官に丸投げし、カサンドラを竜鎮《りゅうしず》めだけに専念させるようにしたのだ。不満の声は上がったものの、「大陸法の定めに従い、聖女は今後、最重要の聖務である竜鎮めに専念するのだ」と言えば、誰《だれ》も反論できない。

竜化病の発症患者は年間百名ほどなので、平均すれば三〜四日に一人程度。竜鎮めに専念するなら、カサンドラでも対処可能ではあった。実際にはまったく患者の出ないときもあるし、逆に大量の患者が運び込まれるときもある。しかし、カサンドラのキャパシティを考慮《こうりょ》して一日一人までとし、患者が多いときは牢獄《ろうごく》に放り込んでおくことにした。

「父上。竜化病患者の受け入れは重要な交渉《こうしょう》材料ですから、粘《ねば》って徐々《じょじょ》に緩和《かんわ》しましょう。ディオンの婿《むこ》入りが決まるまで全面解除とはせず、さらに婚礼《こんれい》時には譲渡物《じょうとぶつ》としてログルムントの領地を一部要求するのがよろしいかと」

「それは良《い》い。流石はヘラルドだ」

「あなた。わたくしはログルムントの銀と宝石が欲しいです」

「うむ。婚礼の際には持参品として用意させよう。こちらが多少の我《わ》が儘《まま》を言っても、ログルムントは文句を言えん。なんと言ってもこちらは〝聖皇国〟。法王猊下《げいか》によって、西側諸国の盟主を委ねられているのだからなぁ」

皇家の四人は、私利私欲で頭をいっぱいにしながら楽しげに食卓《しょくたく》を囲んでいた。

――二週間後。ディオンの率いる使節団が、レギト聖皇国の皇城へと到着《とうちゃく》した。

謁見《えっけん》の間の玉座に座した皇帝と皇后、傍《かたわ》らに控《ひか》えた皇太子は、使節団の面々を迎えた。

使節団のメンバーはディオンを筆頭に、外交官と書記官が一人ずつ。侍従《じじゅう》・侍女《じじょ》が数名と、護衛の騎士《きし》が二十名ほど。他にはフード付きの法衣《ほうえ》を纏《まと》った神官が二名同行していた。目深《まぶか》にかぶったフードの下の顔は見えないが、神官の一人は背中の折れ曲がった老人だ。もう一人は、小柄《こがら》な体軀《たいく》からして女かもしれない。使節団に神官がいるのは珍《めずら》しいが、訪問の目的が見舞《みま》いなので、回復魔法《まほう》の使い手である神官を同伴《どうはん》するのも納得《なっとく》できる。

「よくぞ参られた、ディオン殿《どの》」

皇帝の声に、ディオンと使節団の一同は深く首《こうべ》を垂れた。

「聖女カサンドラ殿下におかれましては、心よりお見舞い申し上げます」

「貴殿《きでん》の言葉、ありがたく受け取ろう。我が娘《むすめ》カサンドラは、幼少期からの激務が祟《たた》って病床《びょうしょう》に伏《ふ》してしまった。今は快復しつつあるが、まだ予断を許さぬ。カサンドラはディオン殿を幼少時よりたいそう気に入っておってな。貴殿の来訪を、心待ちにしていた」

「光栄でございます」

「貴殿の来訪を両国のさらなる融和《ゆうわ》の契機《けいき》としたい。娘とも、仲良くしてやってくれ」

皇帝が手をかざして合図を送ると、謁見の間にしずしずとカサンドラが入ってきた。装《そう》飾《しょく》が控えめの、締《し》め付《つ》けの少ないドレスを纏っている。赤毛は緩《ゆる》く結《ゆ》うだけにしてあり、顔は血色が悪く見えるよう化粧《けしょう》で調節してあった。

「ディオン様……お久しゅうございます。お会いしとうございましたわ……」

儚《はかな》げな微笑《びしょう》を浮《う》かべるカサンドラを、ディオンは驚《おどろ》いた顔で見つめ返した。

「これはこれはカサンドラ殿下。病中の身でありながら、私の出迎《でむか》えを？」

「ええ。居ても立ってもいられなくて……」

カサンドラがこちらに歩み寄ろうとするのを、ディオンは身振《みぶ》りで制した。

「それはいけません。お体に障《さわ》りますから、どうかお休みください」

「ご心配には、及《およ》びませんわ……」

カサンドラはディオンの制止を無視して、一歩また一歩と彼に歩み寄ろうとしてくる。

「カサンドラ殿下。実は本日、我が国から回復魔法の使い手を連れて参りました。カサンドラ殿下を癒すため、この者の治療《ちりょう》を受けていただきたく」

「せっかくのお申し出ですが、神官の回復魔法は毎日受けておりますの。ですが、心労にはあまり効かなくて。これまで毎日働き詰《づ》めだったから、疲《つか》れが溜《た》まっていたようです」

手を伸《の》ばせばディオンと触《ふ》れ合《あ》えそうな距離《きょり》に、カサンドラは迫《せま》っていた。

「回復魔法もお薬も、なかなか効果がありませんの。しかし、あなたが一緒《いっしょ》にいてくだされば、きっとわたくしは――」

ディオンは、にっこりと笑った。

「あぁ、なるほど！　バカにつける薬はないと言いますからね」

「…………はい？」

「聞こえませんでしたか？　あなたのようなバカは、救いようがないと言ったんです。だからこそ、あなたにはこの者の治療が必要です」

謁見の間が凍《こお》り付いた。カサンドラは顔を引きつらせ、唖然《あぜん》としていた皇帝は我に返って「非礼だぞ！」と怒鳴《どな》り散《ち》らす。ディオンは、使節団の後方にいる小柄な神官を手招きした。その神官はディオンの隣《となり》まで来ると、自らフードを取った——亜麻色《あまいろ》の髪《かみ》と、幼さの残る美貌《びぼう》が露《あら》わになる。

「ご無沙汰《ぶさた》しております、カサンドラ様」

皇帝達は息を呑《の》み、カサンドラが声を裏返らせた。

「っ……お、お前は、エミリア!?」

神官の服を纏っていたのは、死んだはずの偽《にせ》聖女エミリアだったのだ。

「どういうことなの!?　なぜお前が、ディオン殿下と一緒に!?　……それに、だってお前は、死んだはず——」

皇帝が「カサンドラ!!」と声を張り上げた。余計なことをカサンドラが口走らないようにするためだ。謁見の間に居合わせた皇帝の側近や書記官達が「あの娘は何者だ？」と、

ここそこ囁《ささや》き合っている。

「この者はエミリア・ファーテ。過去十年もの間、聖女カサンドラの身代わりとして働かされていました。本物のカサンドラがゆっくり休んでいる間に、ね」

ディオンの声に謁見の間が騒然《そうぜん》とし、カサンドラは青ざめてうろたえている。皇帝・皇后とヘラルドも、エミリアの登場という想定外の出来事に絶句していた。

「聖女カサンドラが数か月前に倒《たお》れて聖務に支障が出ているのは、周知のことでしょう。だが実際には病気などではなく、エミリアの不在が原因です。エミリアは聖女カサンドラに命を狙《ねら》われ、我が国へと亡命したのです」

エミリアは一歩踏《ふ》み出《だ》し、カサンドラの真正面に立った。

「偽聖女エミリア、腐《くさ》りきったあなたと皇家の皆様《みなさま》を治療するため戻《もど》って参りました」

エミリアは両手を広げて、まばゆいばかりに回復魔法の光を発した。光が謁見の間を満たし、雪の結晶《けっしょう》に似た光の粒《つぶ》が舞《ま》い上がる――それは、聖女の魔力《まりょく》に特有の結晶光と呼ばれるものだ。エミリアは自身の聖女の力を、居合わせた全員に見せつけたのだ。

「皆様、私は聖女の力がありますが、偽聖女に過ぎません。本来ならばレギト聖皇国から法王猊下に為《な》されるはずの申告《しんこく》が、不正で為されなかったためです！　陛下は私を公認の聖女とはせず、カサンドラ様の身代わりとして働かせることを選びました」

「黙《だま》れ！　小汚《こぎたな》い平民の分際で、このわしを陥《おとしい》れようとするか⁉」

皇帝は血相を変え、わなわなと肩《かた》を震《ふる》わせていた。

「まさか隣国《りんごく》の王族に取り入るとは、やるじゃないか。……だが、お前は告発の場を間違《まちが》えた！　公衆の面前ならばともかく、皇城内の出来事など揉《も》み消《け》すのは簡単だ」

皇帝は、卑《いや》しく唇を吊り上げた。一時は青ざめていた皇后やヘラルドも、今では皇帝と同じく悠然《ゆうぜん》と笑っている。

「揉み消す？　私を処分して、なかったことにしようと？」

エミリアは、不快そうに眉《まゆ》をしかめた。

「本当に卑しい方ですね。これまで黙って偽聖女をしてきましたが、それは間違いでした。私が公認の聖女だったら、国内外の人々により広く手を差し伸べられたのに……」

「ニセモノの分際で、聖女気取りか？　お前など道具に過ぎん！　あくせくとタダ働きをする、無知で便利な道具だ。だが、お前のような生意気な道具は、もういらん！」

皇帝が手をかざすと、衛兵達が槍《やり》を構えて使節団の全員を取り囲んだ。嗜虐的《しぎゃくてき》な笑《え》みを顔面に刻んで、皇帝はディオンに声を投じる。

「ディオン殿。貴殿は偽聖女エミリアをこれまで匿《かくま》っていたということだな？　これは重大な大陸法違反《いはん》だぞ！」

「大陸法違反？　私《い》がですか？」

「そうとも。聖女の力を持つ者を秘匿《ひとく》していた貴殿《エミリア・ファーテ》には、重罪が科せられる！　大陸法は、法王猊下が定めた絶対の法だ。たとえ一国の王弟といえど免《まぬが》れることはできん」

「エミリア・ファーテを秘匿していたのは、私ではなく陛下ではありませんか。法王猊下に申請《しんせい》すべきところを、陛下が伏せていらしたのですから」

「ふん、わしが秘匿しても法王猊下の耳には届かぬ！　大陸法違反者を裁くのは、西側諸国の盟主たるこのわしなのだから！　わしが何をしても、法王猊下の耳には届かん‼」

落《お》ち着《つ》き払《はら》った表情で、ディオンは静かに聞いている。槍を向けられていながらも、使節団の全員が平静な態度を崩《くず》さなかった。

「ログルムント王国王弟ディオン、偽聖女エミリア並びに使節団全員を捕縛《ほばく》し、大陸法違反の罪で極刑《きょっけい》に処す！　女王ヴィオラーテには、此度《こたび》の不敬行為《こうい》への賠償《ばいしょう》を請求《せいきゅう》してやる。大陸法違反者として貴様らを裁いたのち、法王猊下に此度の一件を報告するとしよう」

「――――それには及ばぬよ」

突如《とつじょ》。低くて深い、しわがれた声が謁見の間に響《ひび》いた。使節団の一員である、神官服を纏った老人が発した声であった。

視線が集まる中、老人は自らのフードを外した。頭髪《とうはつ》のないつるりとした頭の、柔和《にゅうわ》な顔立ちの老人だ。長い眉毛《まゆげ》の下の双眸《そうぼう》は閉じられており、目が見えない様子である。

「嘆《なげ》かわしいことだ。これが、今のレギトの有様《ありさま》か」

「なんだ、このジジイは！」

老人は、ゆったりとした足取りで歩み出した――カサンドラの目の前まで。

「おやおや。これが聖女カサンドラか。このように堕落《だらく》するとは……嘆かわしい」

「な、なんなんですの⁉　このヨボヨボの神官は！」

皇帝は玉座から忌々《いまいま》しげに老人を睨《にら》んでいたが、やがてハッとして顔をこわばらせた。

「ま、待て、カサンドラ……」

カサンドラは止まらない。ゴミを見るような目をして、老人を罵倒《ばとう》し続ける。

「わたくしが〝堕落している〟ですって⁉　こんな老人に言われたくありませんわ」

長い眉毛の下の両目が、ゆっくりと開いた――老人の瞳《ひとみ》は、鮮烈《せんれつ》なまでの虹色《にじいろ》だった。

カサンドラが、びくりと身をこわばらせる。

「お前、まさか竜化病なの⁉　化け物が皇城に入り込むなんて！　衛兵、早く捕《つか》まえて！」

「黙れカサンドラ、このお方は…………‼」

ディオンとエミリアを含《ふく》め、使節団の全員は老人にひざまずいていた。老人は溜息《ためいき》をついて皇女を見やる。

「まったく。聖女でありながら、竜人《ドラゴニュート》を化け物呼ばわりとは嘆かわしい。余はログルムント王家からの直訴《じきそ》を受け、忍《しの》びにて査察に参った」

皇帝は「ひっ……」と息を漏《も》らし、衛兵達は槍を持ったまま困惑《こんわく》している様子だ。場の空気が変わったことに気づかないカサンドラは、なおも老人を罵倒し続けた。

「神官風情《ふぜい》が何を訳の分からないことを！　さっさと消えなさ――」

「カサンドラ、黙れと言っておるのが分からんのか‼」

皇帝は転がり落ちるように玉座から降りると、蒼白《そうはく》な顔で老人の前にやってきた。カサンドラの頭を押さえ付け、深く頭を下げさせる。

「な、何をなさるのですか父上！」

「まだ気づかんのか⁉　こちらに御座すは法王猊下――この大陸の心臓部にて、法を定め秩序《ちつじょ》を守るお方であらせられるぞ‼」

カサンドラは呆《ほう》けた顔をしていた。この老いぼれが？　と言わんばかりの目で老人を見つめ、ようやくピンときた様子で顔を恐怖《きょうふ》に歪《ゆが》ませる。

「っ……！　ほ、法王猊下！」

「久しいな、聖女カサンドラ。そなたに承認《しょうにん》を与《あた》えたのは、十二年前のことだったか」

平伏《ひれふ》したカサンドラの隣で、皇帝は衛兵達に向かって声を張り上げる。

「衛兵、ただちに槍を収めよ！」

法王は、嘆かわしげに首を振《ふ》っていた。

「西側諸国の盟主たるレギト聖皇国が、これほどまでに腐敗《ふはい》していたとはな。——皇帝アレハンドロ＝ツァネ・レギトよ」

「……はい」

「聖女能力保有者を、レギト皇帝がすみやかに保護して法王に報告する。そして法王がその者を承認し、聖女としての役目を与える——それが大陸法の定めであるはずだ。なのになぜ、そなたは報告しなかった？」

「そ、それは……」

青白い顔で言いよどむ皇帝を、法王は感情の篭もらない目で見つめている。

「事の仔細《しさい》は、このエミリア・ファーテとディオン＝ファルサス・ログルムントの両名より聞いておる。言《い》い逃《のが》れができるとは思うまいな？」

水を打ったような静寂《せいじゃく》。その沈黙《ちんもく》をうち破ったのはカサンドラだった。

「…………………おかしいです」

声を絞《しぼ》り出し、カサンドラは反論に出ようとする。

「ここに法王猊下がいらっしゃるなんて、絶対におかしいですわ！　さてはこの老人、法王の替《か》え玉《だま》なのでは？」

カサンドラの声を聞き、皇帝はハッとした顔になる。そして再び——。

「たしかにカサンドラの言う通りだ。大陸西部と法王領は、危険な巨大砂漠で遮断《しゃだん》されている。法王領への往来が可能なのは、我らレギト皇家のみ！　他国の者が法王領へ行くなど、絶対に不可能だ!!」

皇帝は、ディオンを睨みつけた。

「わしを陥れるために、法王の替え玉まで用意するとはな。しかし、わしは騙《だま》されんぞ」

「いや、こちらは紛《まぎ》れもなく法王猊下だ」

「では、貴様はあの巨大砂漠を越えたというのか？　あの魔獣《まじゅう》と蛮族《ばんぞく》の巣窟《そうくつ》を？　焼けつく暑さと夜の極寒《ごっかん》に耐《た》え、視野も保てぬ砂嵐《すなあらし》を抜《ぬ》けて？　そんなことは不可能だ!!」

挑発《ちょうはつ》するように言葉を並べ立てる皇帝を、ディオンは冷めた目で見やる。

「越えたんだよ。多少は危険な思いをしながら、片道一か月ほどかけて砂漠を越えた……意外と、なんとかなるもんだったぜ？」

「何!?」

「〝砂の民《たみ》〟の力を借りたら、なんとかなった」

砂の民――蛮族と知られる彼らの名を聞いて、皇帝は怪訝《けげん》な顔をする。

「俺は日頃《ひごろ》から、砂の民とは懇意《こんい》にしてるんだ。俺は砂漠については不勉強だが、彼らにとっては自分の家だ。彼らに幾度《いくど》も助けられ、エミリアと一緒に法王領まで行ってきた」

「…………なっ!?」

ディオンは、傍らにいるエミリアの肩を抱《だ》いた。エミリアは深くうなずいて、ディオンの言葉を肯定《こうてい》している。

「法王猊下が寛大《かんだい》なお方で助かった。事のあらましを伝えたら、『レギト聖皇国の現状をこの目で確認したい』と仰《おっしゃ》ってな」

「……と、ということは、このお方は……………本物……？」

皇帝が、へなへなとその場にくずおれる。

「そ、そんな──嫌《いや》だ、わしは……わしは……。法王猊下！　わしの独断ではありません、全ては我が息子《むすこ》ヘラルドの甘言《かんげん》が原因なのです！」

玉座の傍らで呆然《ぼうぜん》と立っていた皇太子ヘラルドが、「え!?」と声を裏返らせる。

「な、何を仰るのですか父上!?」

「黙れヘラルド！　エミリアをカサンドラの身代わりにしたのも、ログルムントの竜化病患者の受け入れを拒否《きょひ》したのも、全てお前の考えではないか！」

「あなた!?　息子に罪を着せようだなんて、あんまりですわ──」

「うるさい！　お前は皇后でありながら、なんの役にも立っていないくせに！」

「なんですって!?」

醜《みにく》くののしり合う皇家一家を冷たく眺《なが》め、法王は静かな声で断罪した。

「皇帝アレハンドロ並びに皇家一同よ。そなたらの悪事はこの法王イェルダード八世が見届けた。大陸法の定めにより、然《しか》るべき罰《ばつ》を与えよう。追って沙汰《さた》を下すので、覚悟《かくご》するが良い。………逃《に》げられるとは思うなよ？」

法王は嘆かわしげに息を吐《は》く。

「しかし、聖皇国を信頼《しんらい》しすぎた余にも責がある。今後は東西南北それぞれの皇家に目を光らせつつ、各地諸国とも交易の手段を作るとしよう。――エミリア・ファーテよ」

ふと、法王は穏《おだ》やかな目をしてエミリアを振り返った。エミリアが、深い一礼で応える。

「長きに渡《わた》る不遇《ふぐう》の日々、大儀《たいぎ》であった。そなたとログルムント王国王弟ディオンの機転に救われ、西の聖皇国の実情を知る機会を得た。礼を言おう」

「お言葉、光栄でございます。猊下」

「そなたに、聖女の承認を与えよう。そなたはこれより聖女エミリアだ」

エミリアは、目を輝《かがや》かせて顔を上げる。

「私が……聖女？」

「いかにも。民を救い、大陸の秩序を守る聖女として、その力を存分に振るっておくれ」

「……ありがとうございます！」

声を震わせるエミリアの隣で、ディオンも幸せそうに微笑《ほほえ》んでいる。

「ログルムント王国王弟ディオン。聖女エミリアを支えてやってほしい」

「喜んでお受けいたします。法王猊下」

——それから先は、あっという間だ。法王とその手勢が皇城内を掌握《しょうあく》し、レギト皇家は失脚《しっきゃく》。次期皇位には、継承権《けいしょうけん》を有する公爵家《こうしゃくけ》当主が就《つ》くこととなった。

裁判の末、皇帝・皇后と皇太子は流刑地《るけいち》・テレウ島へと送られた。テレウ島は焼けつく砂地と苛烈《かれつ》な潮風で有名な孤島《ことう》で、〝死ぬより辛《つら》い流刑地〟として知られている。替え玉事件に絡《から》んでいた主神殿の神官長には、降格と再教育が決定された。

カサンドラは流刑ではなく、聖女としてレギト聖皇国内での生涯奉仕《しょうがいほうし》を命じられた。〝替え玉を使っていた悪辣《あくらつ》な元皇女〟として知られた彼女は、針のむしろに座る思いで働くことになるだろう……。

自分勝手なカサンドラに聖女が務まるのか？　という疑問は誰もが持っていたが、聖女は希少な人材であるため、彼女が再出発できるよう周囲が補佐——あるいは監視《かんし》——する運びとなった。カサンドラに一国を任せるのは不安があるので、定期的にエミリアが支援《しえん》しに行くことになっている。

一方、公認の聖女となったエミリアはレギト聖皇国内での一通りの騒《さわ》ぎが済んだ後、デイオンと共にログルムント王国へと戻った。以後はログルムント国内が、聖女エミリアの管轄《かんかつ》となる。エミリアが大陸西部で十人目の聖女となったことで、今後は各国に一人ずつ聖女を配置できる形となった。

「――報告は以上です。ヴィオラーテ陛下」

ログルムント王国に戻ったエミリアとディオンは、女王に事の次第《しだい》を報告した。女王から聞かされたのは、逆賊《ぎゃくぞく》グスタフ・グスマンの処刑《しょけい》の件だった。

ちなみにサラは、王弟妃《おうていひ》殺害未遂《みすい》の罪で監獄塔《かんごくとう》に収監《しゅうかん》されたらしい。それを聞いて、エミリアは顔を曇《くも》らせた――盗《ぬす》みを不問にしてやり直してほしいと思っていたのに、もっと大きな罪を犯してしまうなんて。

人は、過《あやま》つ生き物だ。立ち直っていく者もいるし、過ちをさらに繰り返す者もいる。自分がサラの人生に関わることはもうないだろうが、いつかサラに気づきがあれば良いな――と、エミリアは思った。

ひとしきり近況《きんきょう》を話し終え、ヴィオラーテはエミリアに微笑みかけた。

「よく戻ってきてくれましたね、エミリア。全てが最良の運びとなり、嬉しい限りです。我が国は長く聖女が不在でしたが、これからはあなたがいるから心強いですね」

エミリアも笑みを返し、「ありがとうございます」と頭を下げた。

「通常、聖女は王都の主神殿周辺に住まうものだと聞いていますが……あなたはディオンの妻ですから、王都にとどまるのは難しいですね？　ヴァラハ領への巡礼路を設けるよう、議会に提案しておきます」

——そして全ての報告を済ませ、エミリア達はようやくヴァラハ領に戻ったのだった。

「んー！　やっと気が休まる……！　夏華祭で王都に行ったときから今日まで、ドタバタしすぎて全然くつろげませんでしたし。疾風怒濤《しっぷうどとう》の四か月でしたね！」

夫婦の共寝室《きょうしんしつ》で、ベッドに寝転《ねころ》んでエミリアは思いきり伸びをしていた。リラックスしたエミリアとは対照的に、ディオンはベッドに腰《こし》かけて何かを考え込んでいる様子だ。

「……ディオン様？」

深刻な顔して、どうしちゃったんだろう——と、エミリアは首をかしげた。そろりそろりと背後から近づいていっても、ディオンは振り返りもしない。

エミリアの胸に、悪戯心《いたずらごころ》が芽生える。そろーり、そろりと彼に近づき、すぐ耳元で吐息《といき》まじりに「ルカ」と囁きかけてみた。

「うわっ‼」

ディオンが真っ赤な顔をして、びくりと飛び上がる。

「な、なな……なんだよ！」

エミリアはお腹《なか》を抱《かか》えて笑い転げた。

「ディオン様、また真っ赤になってる！　どうして『ルカ』って呼ぶと、いつも赤くなるんですか？　面白《おもしろ》い！」

最近、エミリアは新しい遊びを覚えた。ディオンに『ルカ』と囁くと、なぜだか彼はうろたえるのだ。うろたえぶりが可愛《かわい》くて、「やめろ」と言われてもつい遊んでしまう。

「あはははは」

「やめろっての」

「だって、ディオン様はルカだもん。知らないうちにルカのお嫁《よめ》さんになってたなんて、本当にびっくりしちゃった」

エミリアは無邪気《むじゃき》に笑って、彼の肩に頭を乗せた。ディオンがルカだと分かってから、安心して触れ合えるようになったのだ。……夫婦というより大親友の距離感ではあるが。

「……こら、エミリア」

「ルカの肩、おっきい。前はあんなに華奢《きゃしゃ》だったのに」

甘えてくるエミリアを見ながら、ディオンは頬《ほお》を染めて戸惑《とまど》っているようだった。

「エミリア……」

「はい」

「俺達が結婚式《けっこんしき》を挙げてから、今日でちょうど半年になるんだ」

「半年？　もう、そんなに経ちましたか⁉」

「ああ。それで……君さえ嫌でなければ、契約書《けいやくしょ》の見直しをしたいんだが」

真剣《しんけん》な顔のディオンにつられて、エミリアも少し真面目な態度になった。

「この半年で、いろいろな状況《じょうきょう》が変わっただろう？　君はもう素性《すじょう》を隠《かく》す必要がないし、本物の聖女になった。それに、そもそも名前が違う」

「そうですね……。それじゃあ内容を見直して、合わないところは変更《へんこう》しましょう」

（でも、どんなふうに変更するのかな。結婚自体がなくなっちゃったり、しないよね？　できれば、ずっとこのままでいたいのに……）

「俺は、契約そのものをなしにしたいんだ」

……契約をなくす？　夫婦関係を解消したいという意味なのだろうか？　エミリアの顔に暗い影が落ちた――しかし。

「契約をやめたい。……そして、俺はエミリアと本当の夫婦になりたい」

エミリアの瞳が揺《ゆ》れた。

「……それって、」

言葉の意味が、じんわりと胸に広がっていく。――無期限で。無条件に。彼と一緒にいていいのだろうか？　答え合わせをするように、エミリアはディオンの瞳を見た。

どこまでも真摯《しんし》な海色の瞳が、まっすぐにこちらを見つめ返している。

温かな花が、エミリアの心の中で開いていった。エミリアはディオンに飛びついて、元気良く「はい！」と答えていた。

「……おい、エミリア」

「嬉しいです！　私、ずっとあなたと一緒にいます‼」

子犬のように喜んで、エミリアはディオンの背中にぎゅっと腕《うで》を回していた。そんな彼女を慈《いつく》しむように、ディオンは優しく頭を撫《な》でる。

「ありがとう、嬉しいよ。――せっかくだから、もう一度結婚式をやらないか？」

「結婚式ですか？」

「ああ。あのときは、形だけだったから。今度は聖女と王弟の、国を挙げての盛大《せいだい》な結婚式だ。国中に聖女エミリアの存在を伝える最高の機会になるし……どうかな」

「いいですね！」

それから二人で、婚姻《こんいん》時に交《か》わした二通の契約書を持って暖炉《だんろ》の前に立った。秋の夜は意外に冷える――暖炉でちろちろ燃える火の中に、そっと契約書を投じた。火に舐《な》められて、端からとろけるように消えていく二通の契約書を、二人は優しく見守っている。

暖炉の前のソファに座り、穏やかな気持ちで肩を寄せ合った。髪を梳《す》いてくるディオンの指が、くすぐったくて気持ちいい。彼の肩に頭を預けて、エミリアはそっと囁いた。

「ディオン様。私、幸せです」

「俺もだよ」

エミリアは、あどけない笑みを浮かべた。彼の温《ぬく》もりに身を委ねていたら、瞼《まぶた》が重くなってきた――。ディオンの肩に寄りかかったまま、エミリアは寝息《ねいき》を立て始めた。

彼女の髪を梳いていたディオンが、驚いたように目を見開く。

「寝《ね》たのかよ！　本当に子どもみたいだな！」

（本当の夫婦になったら、〝白い結婚〟の約束もなくなるんだぞ？　分かっているのか？

エミリアのことだから、何も考えてなさそうだな……）

安心しきった子どものように、エミリアの寝顔《ねがお》は幸せそうだ。

「……まぁ、いいか。もう一度、最初から夫婦になろう。安心してお休み」

ディオンもまた、満ち足りた笑みを浮かべていた。

「愛しているよ――エミリア」

Epilogue ✥ 聖女エミリアの祝福

契約書《けいやくしょ》を燃やした日から、さらに三か月。エミリアとディオンは二度目の結婚式《けっこんしき》の日を迎《むか》えた。式場は王都の主神殿《しゅしんでん》。国内最大の神殿であり、礼拝堂にはすでに二千人を越《こ》える参列者達が列席している。

「き、きききき……緊張《きんちょう》、します」

開式直前の控室《ひかえしつ》で、ウェディングドレス姿のエミリアはガチガチに緊張していた。ヴァラハ駐屯騎士団参謀長《ちゅうとんきしだんさんぼうちょう》のグレイヴ・ザハットが、怪訝《けげん》そうに首をかしげる。

「我が娘《むすめ》よ、なぜ緊張しておるのだ？　以前の結婚式と同じではないか」

「でも、規模があまりに違《ちが》いすぎて」

（ていうかザハットさん、また〝我が娘〟って呼んでる……）

仮初《かりそめ》の親子関係を解消してからも、ザハットはしばしば彼女を我が娘と呼んでいた。

「参列者が一人でも千人でも、さして変わらん。多対一の戦闘《せんとう》も、実際には一人ずつ倒《たお》してゆくのが定石だ」

「ちょっとたとえが間違《まちが》ってると思います」

二人の会話をすぐそばで聞きながら、ダフネがくすくす笑っていた——最近、ダフネはよく笑う。今回は、ダフネも〝新婦側の家族〟として参加することになっていた。

「エミリア様。せっかくの結婚式なのだから、思いきり楽しまれてはいかがです？」

そう言って、ダフネはエミリアの左耳に触《ふ》れた。左の耳には、ディオンにもらった海青石のイヤリングが輝《かがや》いている。

「ディオン殿下《でんか》と、ますますお幸せに」

「ありがとう、ダフネ」

ぎゅっと抱《だ》きしめ合ってから、エミリアはザハットと共に礼拝堂へと向かっていった。

礼拝堂の扉《とびら》が開き、荘厳《そうごん》なパイプオルガンの音色と共に式が始まる。ザハットの腕《うで》に手を添《そ》えて、礼拝堂の最奥《さいおう》で待つ正礼装のディオンのもとへと進んでいった。

王弟の結婚とあって、参列者も錚々《そうそう》たる顔ぶれだ——女王と王配、幼い王子達とその他の王族や国内貴族、他国要人。しかも今回の参列者は、王侯《おうこう》貴族に留まらなかった。

「わぁ！　おねえちゃんきれい〜！」

「こら、ミーリャ。結婚式は、うるさくしちゃダメなんだぞ」

エミリアは、声のほうへと笑顔《えがお》を向けた。ミーリャとマルク、その家族達がエミリアに手を振《ふ》っている。他にも見知った顔が参列席に沢山《たくさん》あった。ディオンの判断で、平民の人々も広く招くことにしたのだ。

先日ディオンは自身が竜化病患者《りゅうかびょうかんじゃ》であったことを国内外に公表し、竜化病への偏見《へんけん》をなくすよう強く求めた。エミリアも彼と共に、今後ますます啓発《けいはつ》に力を注ぐつもりだ。

エミリアとザハットは、さらに歩みを進めていく。参列席には、賓客《ひんきゃく》として招かれた砂の民《たみ》の姿も多い。人種も身分も幅広《はばひろ》く、活気に満ちた式にしたい——それがエミリアとディオンの希望だった。

礼拝堂の最奥で、エミリアはディオンと手を重ねる。ディオンの右耳には、海青石のイヤリングが輝いていた——壊《こわ》れたものを修理して、片耳ずつ付けることにしたのだ。離《はな》れ離《ばな》れだった一対《いっつい》が、今では並んでここにある。

「新婦エミリア・ファーテ。貴女《あなた》はこの男性をいつ如何《いか》なるときも愛し敬い、慈《いつく》しむことを誓《ちか》いますか」

神官の前での〝愛の宣誓《せんせい》〟も、今回は躊躇《ちゅうちょ》なく誓えた。

「それでは、聖女エミリアよ。民への誓いを、述べてください」

エミリアは笑顔でうなずいた。愛を誓ったあと、今回は〝聖女としての誓い〟も立てることになっているのだ。参列者に向き直り、エミリアは声を響《ひび》かせる。

「私はディオン殿下の妻として——そしてログルムントの聖女として、この国の人々を愛し敬い、慈しむことを誓います！」

両手を広げて、全力の回復魔法《まほう》で礼拝堂を光に満たした。清らかな結晶光《けっしょうこう》が、雪のよ

うに舞《ま》い降《お》りていく。ディオンは、苦笑《くしょう》していた。

「でも、あまり張り切りすぎるなよ？　君一人で全てを背負う必要はないし、むしろそれではダメなんだ。俺も皆《みな》も聖女を支えるよ」

「ディオン様……」

誓いの口づけを――という神官の声に、エミリアは頬《ほお》を染めてディオンに向き合った。

今度は逃《に》げない。逃げたくない。

そっとヴェールがめくられて、吐息《といき》がゆっくり近づいてくる。

交《か》わした深い口づけは、とろけるように甘かった。

いまだ舞い続ける結晶光が、人々の歓声《かんせい》が、二人を祝福している。

――ディオン様。大好き。

かつてニセモノだった聖女エミリアは、満ち足りた笑《え》みを浮《う》かべていた。

END

あとがき

このたびは『夜逃《よに》げ聖女《せいじょ》』をお手に取ってくださり、誠《まこと》にありがとうございます。著者の越智屋《おちや》ノマと申します。

ビーズログ文庫さまでの初めての書籍《しょせき》となる本作。もともとは『野盗《やとう》を雇《やと》ったつもりだったのに、すごい身分の男性だった……！』というシチュエーションで何か一作書きたいなぁ、という発想から始まった作品でした。

初期の構想では『雇った野盗が隣国《りんごく》の第三王子だった件』という仮タイトルで、悪魔《あくま》と契約《けいやく》した第三王子が囚《とら》われの令嬢《れいじょう》を救うループものにするつもりでした。しかし、「もっと明るく元気に!!　ばーんとしたものを書きたい！（？）」という気持ちが込《こ》み上《あ》げてきて、いつの間にか初期の構想とはまったく異なる作品に仕上がっていました。今読み返してみると、夜逃げ聖女と王弟の物語にして良かったなぁ……と心から思います。私の大好きな、コミカルな要素をぎゅっと詰《つ》め込むことができました。お読みくださった皆《みな》さまにも、楽しんでいただけたら嬉《うれ》しいです。

次に、謝辞を述べさせていただきます。本作を出版へ導いてくださった担当編集者さま。温かいフィードバックとお声がけを重ねてくださり、本当にありがとうございます。担当編集者さまとの打ち合わせを経て、エミリアは大きく生まれ変わりました。エネルギッシュで表情豊かな、血の通ったヒロインを本作で送り出せたことを幸せに思います。本作で得た学びを活《い》かして、これからも執筆《しっぴつ》に励《はげ》んで参ります！

イラストでキャラクターに命を吹《ふ》き込んでくださった鳴鹿《なるか》さま。鳴鹿さまのディオンに私はメロメロです‼ 視線が、仕草が、腹筋が……全て眩《まぶ》しくて愛おしくて。（砂の民の衣装を纏ったディオンの全身イラストも見せていただいたのですが、そちらも本当に素敵でした。腹筋がとてもきれいで……！ 読者さまにご覧いただけないのが残念です。）エミリアの芯《しん》の通ったまっすぐさ・愛くるしさがぎゅっと詰まったキャラデザも、見た瞬《しゅん》間《かん》に一目惚《ひとめぼ》れでした。鳴鹿さまにご担当いただけて、光栄です！

その他にも、魅力的《みりょくてき》な装丁《そうてい》をしてくださったデザイナーさま、ビーズログ文庫編集部の皆さま、校正担当者さま、営業担当者さま、書店スタッフさま、WEB版投稿《とうこう》時からご声援《せいえん》をくださった皆さま。本作に関わる全ての方に、心よりお礼申し上げます。

いつも応援《おうえん》してくれる家族……！ やりたいことを全力でやれる人生を、選ばせてくれてありがとう。

そして最大の感謝を、この本をお手に取ってくださったあなたさまへ。お一人おひとりのあなたさまのおかげで、私はこうして小説家を続けることができています！　心からのありがとうを、伝えさせてください。

沢山の方に支えられて完成した本作。練れば練るほど各キャラクターに愛着とドラマが生まれ、私にとって大切な物語の一つとなっていきました。エミリアやディオン、ダフネやザハットは今後どうなってゆくのでしょう……!?

皆さまにまたお会いできることを楽しみにしています。本作をお読みくださり、本当にありがとうございました！

越智屋ノマ

■ご意見、ご感想をお寄せください。
《ファンレターの宛先》
〒102-8177 東京都千代田区富士見2-13-3
株式会社KADOKAWA ビーズログ文庫編集部
越智屋ノマ 先生・鳴鹿 先生

ビーズログ文庫

●お問い合わせ
https://www.kadokawa.co.jp/（「お問い合わせ」へお進みください）
※内容によっては、お答えできない場合があります。
※サポートは日本国内のみとさせていただきます。
※Japanese text only

やけくそで密入国《みつにゅうこく》した夜逃《よに》げ聖女《せいじょ》は、王弟殿下《おうていでんか》の愛《あい》に溺《おぼ》れそうです

越智屋《おちや》ノマ

2024年6月15日 初版発行

発行者　山下直久
発行　株式会社 KADOKAWA
〒102-8177 東京都千代田区富士見2-13-3
（ナビダイヤル）0570-002-301
デザイン　永野友紀子
印刷所　TOPPAN株式会社
製本所　TOPPAN株式会社

ISBN978-4-04-738018-9 C0193

定価はカバーに表示してあります。
◇◇◇